岸

陆文伟　著

暨南大學出版社
JINAN UNIVERSITY PRESS

中国·广州

图书在版编目（CIP）数据

岸/陆文伟著.—广州：暨南大学出版社，2022.12
ISBN 978 - 7 - 5668 - 3558 - 1

Ⅰ.①岸… Ⅱ.①陆… Ⅲ.①诗集—中国—当代 Ⅳ.①I227

中国版本图书馆 CIP 数据核字（2022）第 233210 号

岸
AN
著　者：陆文伟

··

出 版 人：张晋升
策划编辑：杜小陆　黄志波
责任编辑：黄志波
责任校对：刘舜怡　林玉翠
责任印制：周一丹　郑玉婷

出版发行：暨南大学出版社（511443）
电　　话：总编室（8620）37332601
　　　　　营销部（8620）37332680　37332681　37332682　37332683
传　　真：（8620）37332660（办公室）　37332684（营销部）
网　　址：http：//www.jnupress.com
排　　版：广州良弓广告有限公司
印　　刷：佛山市浩文彩色印刷有限公司
开　　本：787mm×960mm　1/16
印　　张：16.25
字　　数：220 千
版　　次：2022 年 12 月第 1 版
印　　次：2022 年 12 月第 1 次
定　　价：69.80 元

（暨大版图书如有印装质量问题，请与出版社总编室联系调换）

序

  文伟的第二部诗集《岸》即将付梓，距离他的上一部诗集《时间纪念自己》出版已历时两年。这部诗集收诗150多首，有如这金秋时节的累累果实，比上一回更为沉沉夥颐。

  始料不及的是，文伟再次要我来写几句作为引语，我三番五次坚辞兼婉拒，文伟诚意固邀，我只好再次从命。我一直认为自己只是个不合时宜的读者，没有资格为他人的大作写序。但此次辞拒并非拘于礼数，原因是今年已归隐林下，对文章的态度和心情有所改变，觉得该说的话已在不同场合说尽，再唠叨下去纯属多余，自己也很难打起精神。

  诗人是要自认孤独的。承蒙文伟青眼相顾，他每成一首诗都是先传给我看，再在大学年级微信群里贴出，然后在各个网络平台公开。我常想，人们干任何事情，若能有文伟这般认准的执着和实施的弘毅及勇气，此生此世一定会有超尘拔俗的表现。我又进一步叹息，若是文伟年轻时不那么迷恋武术和体育，而是早早潜心于诗文的堂奥，按照"两万个小时将华表磨成绣花针"的规律，那么其成就必定无可限量。

  文伟开始新诗创作是近些年的事，颇有伍子胥"吾日暮途远，吾故倒行而逆施之"的悲壮意味。以前我因为富于春秋，觉得每个人在任何时间阶段都能开创任何事情，如今在这一点上也渐渐回归中庸的常识，即诗是青年时代的标配，是荷尔蒙、阳光、异性、烈酒、疯狂、无尽憧憬和梦幻的产物。这些由时光恩赐的诸因缘，犹如雨露和空气，是诗歌的真正源头和神性所在。我因为有了这个残酷的醒悟，故深感文伟的每一首诗都来之不易，是殚精竭虑的结晶，至可敬佩。诗不是知识和逻辑推理，一旦光阴不再、灵泉枯竭，写诗的人从外物和故纸堆中几乎无所取法，他只能一遍遍地回想起青葱岁月，沿途遇见的那些可爱的倩影，迷人的风景，不断涌现又消逝的存在，那些甜蜜的惆怅和飘忽的欢乐。

如果诗也有一个理想的原型，那么一定是某种纯净的回忆，生活现象只不过是它借以呈现的狡计，是它那晴朗海面上泛起的玻璃裂口般的蓝色波纹。也许只有在诗的与世无关的痴迷状态中，人们才会剥离种种欲求和对名利的自豪。文伟在生活中算得上是世俗成功人士，他进入诗的林中幽径，也许跟牵着骆驼经过针眼一样，需要进行极大的忍让与修炼。于是，我们在他的诗中看不到对生活富足的颂扬和对待遇与幸福的洋洋自得。柏拉图将诗人从"理想国"放逐出去，其实这"放逐"是一种互相的放弃，诗人之所以成为诗人，他必须放弃自己在"理想国"里的位置。这种出走，在青年时代每每借助于白日梦的幻觉，是很容易达到的，但对于步入暮境的文伟来说，一定是经过了艰苦卓绝的搏斗。托尔斯泰在 82 岁时离家出走，孤独地死在阿斯塔波沃车站，那是世界超级大文豪自我放逐的结局。文伟的心灵中也一定发生过这样的文学事件，否则就不可能写下这些带有淡淡哀愁的、用晦涩的词句裹住其忧郁内核的诗歌。我们读后，虽不敢贸然论定，但一致嬉皮笑脸地同意他为"副省级诗人"，这个内定的"待遇"离托翁所属的地球级只有两步之遥了。

我想，也许文伟私下里难免对诗歌产生过怀疑甚至怨恨吧。他写出这些高品质的诗作，为何知音寥寥，为何如石沉大海，反响渺茫？仿佛是在一个无边的黑洞里发出徒然的呼喊。是诗人们为艺术献祭的精神退化了，从而引起文学的衰落吗？我宁可认为情况恰恰相反，是文艺整体的荒芜导致了创作个体的寂寞和尴尬。托尔斯泰逝世的 1910 年，标志着文学辉煌时代的结束，因为几乎与此同时，电影作为新的文艺霸权出现了。但电影的繁荣后来遭到电视这种更为普及的传播形式的遏阻，直到晚近，电视、文学及电影遇到了共同的克星——扁平化的互联网。文伟的诗都是在网络平台上贴出的,这种方便快捷其实也包藏着反噬的危险,即点击者众多,约等于无人阅读。稍能持久保存的形式还是供个人分散阅读的纸质书体,因此我很赞成文伟将诗作交由出版社正式出版。

尽管文伟谦虚地表示今后不再写诗,但我从其精神状态来看,他一定会创作出新的诗集。倘若侥幸遇上文学再度爆炸的繁盛时期,我希望他像法国魏尔伦、阿波利奈尔、艾吕雅等人,有时可以把十几二十首短诗结成一个薄薄的集子出版,这样更便于情感和风格上的统一。不过,我更愿他今后适当放慢写作节奏,增加一些岳峙渊渟的间歇,尤其是对世界上各流派诗歌应有更深广的接触和浸润。即使到了最后的岁月,我们这些中文系的老学生也会继续挣脱当年教科书中"我手写我心"的粗暴误区,把诗歌重新尊为一门精微的、有技术含量从而门槛极高的艺术。而文伟诗歌创作的骄人成绩和众多亮点,应该说都是这一非凡努力的结果。

这是一个同窗旧友的泛泛闲话,并没有从美学和诗法上分析具体的诗歌,因为阅读品鉴是每个读者体己的事务,越俎代庖则往往难免寻向所志而不复得路。夜半濡墨,挥纸三张,未及驴字,抛砖引玉,聊作弁言。

弱斋陈刚
2022 年 11 月 20 日凌晨
写于湖北宜昌

(陈刚,毕业于武汉大学中文系。曾任湖北省宜昌市委宣传部副部长、市社科联主席。擅长旧体诗创作,出版新诗集《罂粟花与情歌》,翻译并发表杜贝莱《保卫和发扬法兰西语言》、布瓦洛《诗艺》等西方文论专著及大量诗歌)

目录

001　序

001　第一辑　谛听

002　骄傲

003　祖屋

004　深藏

005　在山巅上

007　秋的寓意

008　时间的温柔

010　谛听

011　走进山林

013　旧衣服

014　遗弃的渡口

016　领悟

017　流水的刺

019　花香

020　当蝴蝶飞过花朵

021　某个叠词

022　回乡

023　往高的深处

024　云朵的阅读

025　春日的幽思

026　岛的寓意

028　穿过月色

029　恭敬

030　从前的火车

032　坐忘黄昏下的溪流

033　犹豫

034　年少的风筝

035　雨的寓意

036　父亲的坚定

037　外婆的时光

038　走进河床

039　第二辑　盆景的遐想

040　看风

042　主人的味道

044　秘密

046　盆景的遐想

047　岸

049　群峰的寓意

051　暮色

053　月色满坡

054　流水里的星辰

056　山中溪流

058　看雨

061　夕阳

062　母语

064　路口

067　秋的断想

068　赤脚

069　风过孤林

071　瓜豆棚架

072　断桥

073　吩咐

074　布景

075　那些纸花

076　缓慢

077　当晚风吹来

078　碎落的月光

080　重逢

082　空巢

084　弃权

085　家乡的溪流

087　田野的迷津

089　第三辑　火焰一朵

090　雨中枯树

091　那一片湖水

092　河岸

093　登山

095　纸飞机

096　三月

097　窗景

098　改变

099　咸味

100　秘招

101　镜子

102　害怕

104　在涛声里

105　方言

106　记忆

107　某种大数据应用

109　映像

110　悟山

112　掩护

113　火焰一朵

115　迷惑

116　深邃的时辰

117　安静

118　失信

119　远方

121　六月，做一个深情的人

123　一座寒山

124　意外

125　夏至

126　关于再见

127　第四辑　归途断想

128　归途断想

131　收藏

132　隧道

133　小偷

134　在诗歌里

135　旧居

137　短笛（四章）

140　误车

141　灵魂之所

143　夜

144　返乡

146　海的断想

147　夜的断想

148　红绿灯

149　以水为镜

150　梦的断想

152　中年

153　山下感怀

155　老师说的

156　算法

157　偷不走的荣誉

159　怀念

161　黎明

162　失准的手表

163　废弃的旧船

164　在诗里

166　灵魂的呓语

167　酒的断想

169　少年的哀悼

171　溺水的鱼

173　第五辑　辽阔的断想

174　风问

177　辽阔的断想

179　在月色下

180　若干名词解释

182　未必

184　那朵孤零零的野花

185　天空之岸

186　节俭

189　短句一束

191　雨

192　影子

193　暮色的星空

194　合谋

196　鞋子的奢侈

198　观打铁

199　如果怀念

200　纸灰

201　张望

202　故乡

203　相信

204　变化

205　根

206　雨中垂钓

207　鸟巢

208　再次相见

210　旧物

212　大地

214　幻觉

215　夜行

216　夜色中的山村

217　附一　其他诗作七首

218　阔步新征程

221　十月飞歌

222　雄壮的出发

224　致青年改革者

226　青春之愿

228　沿着风的斜坡

230　答自己
　　　　——二十岁生日有感

231　附二　陆文伟诗歌赏析

232　将倾诉当成一种光，借诗的翅膀穿越时空
　　　　——陆文伟诗歌印象（黄廉捷）

239　垂钓时间的海
　　　　——读陆文伟诗集《岸》（章晖）

244　后记

谛听

此时雀鸟的影子

有些破碎

远眺，山峰错落处仿似天空的足印

人间万物演化

不过一声钟鸣的时间

骄傲

"你骑车技术行不行啊"
父亲问我，那是在
我十一二岁读小学时的一天

"那你载我一段路试试"
看着身材瘦小
却自信的我，父亲说

"这几天我出差，由你载你母亲去看病"
在让我搭载了他一段路之后
父亲吩咐

后来，半瘫痪在家治病的母亲
常由我搭载
到附近村庄的一位中医家

回忆盛宴里，这份荣光
一直适合忧伤

2019 年 11 月 2 日

祖屋

在村庄偏僻处，很小
已残旧荒芜
女儿常要求我重建
她说，用来出租

我却一直把它搁置
不想扰醒我熟睡在那里的梦
我固执地以为
它已是离世父母的豪华新居

其实，我也许在期待
只要它还在，像原来的样子
就会有人回来
有飘过屋顶的炊烟
——我还能怎样啊……

2019 年 11 月 29 日

深藏

父亲遗物
有一个小小的白色塑料袋
装着三件东西——
他和我母亲的结婚证
我大学毕业时给家里的一封感恩信
（他在信封上写有"感情真挚"四字）
一张我女儿周岁的照片

今天，我也是用一个塑料袋
收藏着女儿的结婚照
以及她在学校读书时的获奖证书
我感到我的行为越来越像父亲
——也许，塑料袋里放置东西
是轻小的
可以随意

2019 年 11 月 30 日

在山巅上

很低的白云
接着人间的炊烟
仿佛荒野的天空
坚硬而沧桑
鹰已飞过
却痕迹全无

风做的马
阳光骑在上面
热烈而荒凉
时间如火一样重
跨着空茫的脚步
回声绵长
所有的晨曦和落日
悬在空中
无可挽回地遗忘

季节长跪不起
大地陈旧如床
梦依旧是新的
道路纵横都有原点
一趟未卜的旅途
是将要度过的一生

此时谁会谈论过往

唯星辰不能错过

得到过繁星

也会得到尘世

没有萤火虫

已拥抱了未曾相爱的人

2020 年 8 月 22 日深夜

秋的寓意

一切形成对比且分明——
天，高了起来
土地，低矮下去
路，越来越短
行人边走边衰老
风，悠长而渐渐急速
吹着微弱的甜
溪流，脚步放缓
山脉，仍在生长

树叶开始远去寻找自己的回声
果实时时落下没入泥土
忧伤从飘飞的花瓣中走了出来
诗歌迟钝在嘴唇
有些完美让人悲从中来
有些伤痛已经不再说出
有些他乡成为故乡
有些时间找到了居所

有些人
已在时间之外
接受阳光的锋利
然后归还

2020 年 8 月 23 日

时间的温柔

如果人间需要抚慰
时间仿佛不经意的温柔
完美得像谎言的秋
虚构了世界的假象

蔚蓝，突然悬空
薄而透，涂着一层金黄的蜡
巨大的安静
从橘子酱的颜色里缓慢释放
响亮、饱满且坚硬
那一处曾经的春风
能够缅怀

万物悲悯
群峰上的红叶
微光里的水纹
暖风中的荒草
甚至晨钟暮鼓也像被洗过
所有悠长或间歇的虫鸣
低低地，在路旁几朵野菊下
让人有不少欢愉

在大地这面擅长遗忘的镜子里
夏日的遗留，无人认领

走远的风又吹回，清理着云朵
它们仿佛飘在自己的过去里
星辰悄然移动
天，将满

2020 年 9 月 15 日

谛听

山中寺院的钟声
寂静
如一片潮涌
漫浸旷野
轻柔渺茫

绵延不尽的表述
有灵魂的节奏
谛听，仿佛有所依附和敬畏
想起什么
又像忘了自己

此时雀鸟的影子
有些破碎
远眺，山峰错落处仿似天空的足印
人间万物演化
不过一声钟鸣的时间

2020 年 10 月 24 日

走进山林

如土地上崛起的冥想
这片山林
温柔、欢乐、宁静而庄严
独自走进它
是步入中年后的一种迷恋

里边，有许多风的缝隙
时间从中跌落，被一一收藏
大朵大朵的阳光跳荡在树丫
人的影子，在地上零碎而模糊
在一动不动的天空镜子里
一片云，要用整天的时间
从这边，飘向另一边

至于滑过青草的山涧流水
宛如岁月的低声诉语
蝴蝶和雀鸟都找到去向
所有的野花
也凋谢在自己的芬芳里
并备受恩宠

此时，有些虔诚可以托付
有些夙愿已不必怀念

这遗忘之乡
仿佛命运中的天然锚地

2020 年 10 月 31 日

旧衣服

不会再穿的旧衣服
仍挂在衣柜的一旁
像时间的一种标本
偶尔翻看它们
心里一阵空洞的沉静

衣服的颜色已有些黯淡
透着艰难瓦解时光的痕迹
它们比起现在所穿的衣服尺码
明显小了许多
让人不得不怀疑
蓬勃的青春如何被它裹紧

衣服款式感觉也不好看
旧日的味道已消失
穿着它们的那些日子
更给不出满意或否定的评价
包括记忆，零碎和模糊
是否曾经遗忘

也许一件衣服的幸运
在于它被不知不觉地留存

2020 年 11 月 5 日
生日前一天有感

遗弃的渡口

仿佛时间的断裂处
散发着曲终人散的味道
荒草掩盖青石台阶
几块粘着水锈的船板斜插岸边
一截隐约的小路
拐弯去了另一片杂树丛

那些熟悉过的鲜花
比旷野的还艳丽
微绽的山风
传来瘦弱的鸟鸣
流水不像昨天的流水
天空却飘着昨天的影子

其实，没有什么能被真的遗忘
也没有任何的故事不值得回味
久留在遗弃的渡口
是人生最温柔的时刻
没有悲伤
也没有不悲伤

余晖下
迷离了眺望

群峰

像佛在行走

2020 年 11 月 13 日

领悟

儿时，溪中玩水
好几次
被比我大的玩伴欺负
被推到水较深处

惊慌中挣扎
拼命划动双手，脚乱蹬
不时吞下几口溪水
精疲力竭爬游上岸
又被推回

居然很快悟出——
身体上浮时猛吸一口气
下沉时放松，触地时蹬起
还要节省力气

危险情形下
逼出自救的本能
后来，关于生活
不会相信
在梦想里
自己会被淹死

2020 年 11 月 17 日

流水的刺

那些用废弃旧木桩做成的桥墩
始终迎着风的方向
像河流的墓碑
被流水供奉

它在水的上面
保持越来越低的眺望
如一幕孤独的剧情
旧村庄的倒影中
时光打开的一幅古画

消失的桥
已杀害了重逢
可有些时间不会死去
你归来的脚步
缓慢而悄无声息

此时那只蓝色的蜻蜓
飞远了又飞回
最终停伫在旧木桩上
它的眼睛清澈而宁静
像诗歌的模样
它蓝色的衣裙

拂动着河流的空旷
仿佛用尽了全部的温柔

2020 年 11 月 21 日深夜

花香

年少时的乐园，在山野
每一朵花的烂漫
只为凋谢，没有春意与秋心
大地仿佛以花与天空倾谈
芳香弥漫中，那些易枯萎的
往往却是最美的

后来，城里的窄小阳台
被作为庭院，几个盆栽
是短的花香，适于凝视
偶尔飞来的蜜蜂从不停留
唯盛放于午夜诗页里的玫瑰
等待黎明微光的再次缅怀

如今，喜欢浪花更甚
常在岸边长久伫立
眺望海的味道飘浮过来
礁石上绽放的浪花
都来自海洋的最远最深处
在波涛每一瞬间的骄傲里
它的徒劳
只能谛听

2020 年 11 月 26 日深夜

当蝴蝶飞过花朵

花将枯萎
蝴蝶依然翩跹
仿佛有个契约——
我的绽放
你的到来

这种遇见，意味深长
相信花的植物最是虚弱
蝶舞是"力由心生"，演绎温柔
竟可极致的优雅
闪烁的阳光和寂静的空旷
未被惊动，当谛听过花开
说不出的疼，双翅收拢
在花朵的心上停伫

片刻相逢足够瞬间幸福
一阵风起，剩存的花瓣飘荡
模糊了蝴蝶的影子
谁是谁的梦
谁比谁梦深
花以蝴蝶的样子
又挂枝头

2020 年 12 月 14 日中午

某个叠词

那个年少时与母亲之间有心病
很少在母亲面前喊妈妈的人是我
每次原本自然而出的声音
总哽塞在喉咙

那个青年时在母亲离世一星期后
突然深夜在异乡家中号啕大哭的人是我
之后他把母亲最重要的遗物
藏在遗像相框的背面

那个只对女儿等极个别人
用姓名最后的字作叠词去称呼的人是我
他没有意识到这个习惯
直到许久以后

前半生，他吝啬了对母亲的称呼
后半生，他省略了对这种叠词的运用

2020 年 12 月 20 日

回乡

不再把年作为规划次数的时间单位
也不用公共汽车和铁轨计算遥远与漫长
甚至忘记曾走在村口那条土路时的兴奋
高铁和飞机，可以证明
你好像从来没有离开家乡

你家乡的水泥地上
没有种植稻谷
你遇见的人
没有喊你的乳名
许多人陆续去很远的地方，没有回来
许多来自很远地方的人陆续来到，没有离开

那棵古树光秃的枝头上
一直悬挂着鸟的旧巢
一只鸟飞远又飞回
家乡很大
你仿佛寻找一架梯子

2020 年 12 月 24 日

往高的深处

从起点，仿佛被劫持
在时间的押解下
是无辜的路途
灵魂的奔逃，往高的深处
那片蔚蓝，不是贴在天空的绸缎
它的背后，有更深的天空

在高的深处，为了想听到自己的声音
但人在风里飘了起来
至于见到的光芒
它已不是时间
不该认为，落日
是被群峰吞噬

太阳没有分开两天照耀
只有抵达，才能回望
当发现命运是假的
人便是自己的遗址
想过那些美好事物之后
一个人，寂静地虚空

2020 年 12 月 26 日深夜

云朵的阅读

一次次的绽放
阻止天空的衰老
一次次夕阳下的燃烧
作为抵押和盟誓
留下天空

海浪一样
没有对远方产生疑问
直接奔向山谷、旷野、草原和村庄
无边蔚蓝里　从没被吞噬

不知来处
也不存在抵达与归返
向下生长的宿命
有离别、遥远、永逝和遗忘
这样的隐喻　让人无措

时间悬挂羽翼
如此多的天空
在你之外
人间那些躺在草丛中
数着星星的人
在你的眼里

2021 年 1 月 10 日

春日的幽思

那片野花
点燃了雪
时间取着暖
所有冬天的错误
都会成为正确的答案

鸟飞回
看不见旧巢
那朵让人一病许久的玫瑰
已被遗忘
一些东西像花瓣一样落下
此时只是想到幸福
不会想别的

那条河，又向远方生长
可梦没有离去
还在身边
此时如果有了相逢
无论那人是谁
是否将要爱她

2021 年 2 月 23 日

岛的寓意

仿佛标本
安详而沧桑
大地给海洋的抵押
永恒悠久

水落石出的宿命
无依无靠而圆满
没有开始，也找不到结束
每一处都是不向远方的出发
每一个尽头，都是抵达
每一个方向，都是对岸
灵魂在高处
只有登高，越是澄澈
日落与月升同时辉煌

仿佛海的宗庙
接引上苍
大地与天空最疼的距离
无尽潮涌中
时间的磅礴仍不可阻挡
那些蓬勃的澎湃
依旧逼退不了辽阔的寂静
每一朵浪花都是过客
每一片燃烧的天空都被熄灭

海奔跑在天空里
它飘在天空之上

像发芽的梦
像天空之眼

2021 年 2 月 24 日

穿过月色

夜，像是一条河
澄澈而简洁
流水声里
入眠
发白的气味

记忆零碎——
那个人是谁
是否真的记住
梦，找到怎样的眼睛
风，是否有正确的方向

都是关于是否重返青春
这样的梦境
没人能全身而退
所梦到的，是一种可能
未梦到的，也是一种可能

其实虚惊一场
天上并没有真正的星星
但依然喜欢夜空
躲避月光追赶
夜，未满

2021 年 3 月 21 日深夜

恭敬

从前每年清明扫墓
父母只用手指画
"这是你的太公，这是你的爷爷……"
我只是笼统把他们叫作祖先
从没问过具体名字
怕会是对家族的一种冒犯与禁忌

"奶奶叫什么名字"
女儿问起
——在今年清明节扫墓回到家时
"陈桂媚，桂花的桂，妩媚的媚"
我的心头一阵发紧发热
语气突然恭敬

"那您的爸爸、您的爷爷呢"
——此时，我感到有些恍惚
迟疑一下，回到房间
——我一笔一画，像写下
绵延的黄土
流水的青山

2021 年 4 月 5 日

从前的火车

从前乘坐火车
有慢车、普快、直快、特快等
目的地相同
到达时间不同，票价也不同

乘车时检票过程严格
如果前面的车次乘客不多
偶尔也可提前乘坐
但如延误班次，车票便会作废

中途还有查票
如果买了硬座票而享受了卧铺票待遇
即须补票
当然，中途可以提前下车

出站时需验票
为防止坐霸王车
坐错了车的
只能重新购票
改乘其他线路

所有车票都是单程票
它很像时间的邮差
每个人被这张车票押解

从一个个站台送出
可惜，人生的列车
没有检票、查票、验票
全是未知和唯一的旅程

2021 年 4 月 18 日

坐忘黄昏下的溪流

重音的口琴声起
以西的那段，低缓
流水的衣裳正渐滑落
一半海的蓝
微微晃动

鸟鸣浮动一座空山
山野仿佛时钟的轮廓
岸边的人被流水背负
他无法审判
流水自己制造的过去、道路与命运

暮色变浓
安静的水面，似有梦在发芽
凶猛而温柔
溪流画出月光的回声
不增不减的流水
再薄也会忧伤，再厚也能闪烁
他的往事，像星星
碎开在属于他的一段流水里

2021 年 4 月 20 日

犹豫

一则视频现场报道
——父亲瘫痪在床
母亲外出打工后杳无音信
年仅 13 岁的少年，已四年如一日
因体单力薄而借助一个滑轮
照料病父（还需照顾 4 岁的妹妹）

女主持人的动情解说
——少年的事迹感动无数的人
他用稚嫩的肩膀撑起一个家
请为他的坚强勇敢和充满孝心
点赞

一直沉默着观看报道的他
显得有点不知所措
他似乎感到哪里不太对
——他从来不会点赞一个悲哀的家庭
不管悲哀的人是谁

2021 年 4 月 20 日

年少的风筝

它让天空柔软
缓慢，平静，从容
连浮云看起来也很踏实
拉着风筝线的人
都像孩子
灵魂在高处

自由即神
每一只风筝都有少年的眺望
每一个少年总把风筝放得越来越高
他将风筝插上翅膀
他相信风筝可以悬停于天空
他优美地联想
一只船，行驶在海上

可天空还是锋利
他的风筝后来总是断线
他奋力追赶
以为天空会把风筝摔死
向山野，在地平线
他似乎随风飘了起来

2021 年 4 月 21 日

雨的寓意

以雨水，天空给大地的独白
人间背景被修改
时间模糊
隆重、悲情又似显多余

万物微茫
最好风景，最痛山水
从来没一种事物
能征服雨水
人间的缅怀，是古老的
流放在雨中的囚徒

雨里，时光变旧
入眠雨中
有幸福的脸
遗忘
终是雨的唯一主人

2021 年 4 月 24 日

父亲的坚定

"学校想把他保送到纪念中学参加高考
可担心你家里供读有困难"
——那年（刚恢复高考不久）
烈日下的陡坡
推着破旧自行车的父亲
与我的中学校长相遇

"没问题！就算是吃盐吃酱油……"
——稍沉默一会儿，父亲的声音
激动却缓慢
不像他平时的谦卑和犹豫

返家路上
平时有点驼背的父亲
腰似乎是直的
他的那顶草帽
不停地晃荡在车把上
我静静地跟在后面
似乎感到这种情景
有点悲壮的味道

2021 年 4 月 27 日

外婆的时光

"几点了"
每当下午固定的时候
外婆总要爬上梯子
给墙上老旧的挂钟上弦
如果挂钟停摆
她就会让我跑去问邻居

时间是圆形的
她一圈一圈地拨动分针
安静而严肃
仿佛把破裂的时间抹涂平整
那些停摆后空白了的时间
又被她重新挂上墙

我总感到茫然——
午后的时间难道特别重要
在准确的时间里
她似乎像个
重新回到生活中的人

2021 年 5 月 1 日

走进河床

一片欲言又止的空白
忧伤显得纯净，不染烟尘
枯竭的流水
仿佛在缓慢地衰老
屹立的岩石
似花朵的盛放
寂静而繁华

至于风，带着腥味
但恭敬且温驯
只因，面对有沧桑感的事物
曾经的澄波叠绿、帆影飘荡
以及在那道波澜上
住着的流浪的月亮
都已遗忘许久

河流深处
安放着流水的骨骼
星星依然靠近
还有一座空桥
——这样的迷恋和茫然
让人心中
长出迎风的羽毛

2021 年 5 月 5 日

盆景的遐想

全是绝处逢生
如同捆绑的舞蹈
让人忘记命运的钳制
一只蝴蝶
落在遐想里
融入万水千山

看风

仿佛看时光的外衣
本是旧的、去年的
却越吹越新
它有阳面与阴面
最好的，是以西的那段
不陡峭
带着黄金的质地

其实很硬
有透明的骨头
阻止着天空坍塌
它晃动着
自己行走
有时是蓝色的马
白云，成为它的雕塑

它的哨声变长
填满渐空的季节
山越高，它就越远
海越远，它就越低
那些造梦的人都追逐过它
并喜欢它停止的模样
在它的漩涡和滩涂上
淹没灵魂的秘密

如果把它关上，它的国度
没有土地，没有地址
可谁证明得了它的不存在
它背着一面镜子
一只飞鸟
在回眸

2021 年 5 月 13 日

主人的味道

从不怀疑
狗对主人的忠诚与熟悉
比如故乡的它们
遇到已过中年归来的我

它们像是辨认出了某种久远的事物
可能是作为村庄的主人才可拥有的
那些味道，或者神态
在一阵警觉与躁动后
它们很快安静了
并跟随在我的附近
我从它们的眼神里
隐约看见一种温情与恭敬

我对它们毫无怯意
因为我从不怕狗
且天然对狗有一种主人的威严
小时候家里养过的狗
有黄色的、灰黑的、浅白的
它们温顺地伴随我的成长
就算村庄里有些较凶猛的狗
作为孩子王的顽劣的我
总会想出法子把它们制服
我一直以为

那时我就是村庄的少主人

现在我就是用当年的状态
（当然，多了一些镇定与缓慢）
穿过窄窄的街巷
像穿过绵长的旧时光
我感到它们
一定嗅出了我的童年
至于我的旧宅
在村旁偏僻处，远远地
很像一只蹲在角落的土黄狗
正耐心等候着它的主人

我始终沉默无语——
好在我只是路过
而不是停留

2021 年 5 月 21 日

秘密

冷与暖是一种对比
关系可以转换
这样的认知
源于年少时的某种经历——

冬日凌晨赶海
海堤上小伙伴趁退潮之际
点火取暖，为将要涉过长距离的滩涂
我却喜欢选择到海滩水道
借退潮水势浮游去目的地

衣服托举在一只手上
入水时的寒冷强烈但短暂
很快有温度的海水会让人暖和
与水面气温对比
自己仿佛在床上
海水像是一床被子

冷中取暖
冷的有时就是暖的
暖的也会是冷的
这个秘密我长久保守
今天似乎发现
它已成为一种技能

在我的人生中被反复运用

习以为常

2021 年 6 月 1 日

盆景的遐想

没有比盆景
更直接更可靠的镜像
盆景的山水
仿佛渗入一种重生
孤绝而自足之意
让人揣测长久

它的表达都显奢华
虚构与虚无间
篡改了时空
山石幽径中
藏匿着逃离尘世的喜悦
松树枝尖
停留过飞鸟的回声

全是绝处逢生
如同捆绑的舞蹈
让人忘记命运的钳制
一只蝴蝶
落在遐想里
融入万水千山

读懂盆景
就会减轻一种悲伤

2021 年 6 月 7 日

岸

欢慰于

鱼鳞般的波光

静守

流水的道路与远方

生死相依

一种宿命

青山在侧

风悠远

清晰的天空

在水之中

浩荡之心

安顿所有

包括倒过来的人间

以及饱含生育气息的田野

曾经又消逝

唯倒影从不被淹死

当流水枯竭

那些蔚蓝、月光、星辰

掉落在草丛中

无人寻找

四周回望，苍茫

一副猜不透的面容
大地仿佛举起
一幅百孔千疮的壁画

2021 年 6 月 19 日

群峰的寓意

强硬融入天空
像荒草融入大雪
身姿孤绝而奇诡
骨头断裂处
悬崖长虚

为阳光作坐骑
天空奔跑
在青绿色的马蹄里
人间不低
大地也如孤独地流浪

于光阴黑白交替
任云进出随意
风折断
重量已失
浩大的群鸟
也如蚂蚁般爬行
唯峡谷中的河流
翻涌鱼鳞般的光芒
亘古而深情

无限的海拔里
轮回离去

一座停摆的钟
时间
建起遗址

2021 年 7 月 5 日

暮色

低矮
倾斜天空
把剩下的
让群鸟飞尽

落日浪涌
荒芜而透明
虚掩的大地之门
夕光流入
如深井般的原野

山巅微晃
云朵滑动
陡峭的风，走散
在另一阵风里
一片悸动与静谧的回声
时间呼吸
万物轻如剪影

回转身处
道路泛白
缓慢的蝉声
灼热，通红

一只蜜蜂，翻飞
在一朵野花上

2021 年 7 月 18 日

月色满坡

结着网的镜子
晃荡着细碎的羽毛
陡峭的月亮
带着群峰升腾
几根白骨裸露
白天的风
往返将其摩擦

荒芜，透明，静谧
仿佛多出的一个人间
都在镜子之外
湖面漂着柔软的天空
一抹浮云
即将落地

旧了的时间
就开出自己的花
当万物安缓而自足时
星星
已在眺望黎明

2021 年 8 月 13 日

流水里的星辰

是天空给流水的
诉说
是家在岸边的人
安顿所有
而天空，是划亮火柴星星的抛弃
流水，也成为溺亡的月亮遗址

不破的梦
没有保持的形状
年少的心
已有过天堂
流水的一生
不知行至何处
记忆里燃烧的火苗
柔软轻盈

对这个世界抒情的人
总要找寻
自己丢失在草丛中的影子
像拼命跑回失火的家
取回心爱之物
放不下的缅怀
越是中年越甚

爱一颗流水里的星星
就会爱上天空

2021 年 8 月 22 日夜

山中溪流

像蓝色的时针
转动山的唱片
峰峦拥挤，山势百种
它被掰成不同方向
在迁徙和固守间抉择

使命是流逝
它怀着朝向万物的心
信仰土地和阳光
以及辽阔的归宿
挣脱，逃逸
终究不回头地转身

遗落的清潭
连接时光之链
没有留存的记忆
也不代表过去与未来
它只是停留在此刻
完成一次因果
所有的经过
都是同一片天空

永远不能成为归来者
也没有可抵达的远方

当止于山水相望

天地浩渺缄默

风，往返找寻自己的耳朵

它如行进的蚂蚁一样

缓缓归入黄昏

2021 年 8 月 31 日

看雨

一

看一个人在雨里
雨是不同的雨
看两个人在雨里
雨是去年的雨

相同的天空
曾经的田野
一个人的雨在记忆之中
两个人的雨在时间之外

二

走进雨中
有最好的风景
线网状的水
横布天空
一种暖意，微茫
如阳光涌入大海

雨浮动空山
风露出骨头

骨折的水
疼了山水自己

三

凡伫立雨中者
都活在不同的梦中
相同的人
不同的雨
谁没有赶赴过一场匆匆的别离

雨是归来
缅怀已在人间
哪一场雨
能带人回家

四

思念一个雨中人
是否对另一个不公
被一个雨中人怀念
是否也是任何形式的不幸

雨中经过的
是否最好的人
雨里站久了
是否就是沧桑的样子

雨，是否从不被征服
哪怕是遗忘

2021 年 9 月 4 日

夕阳

如钟
撞击群峰的教堂
回声
渗透染血绷带的云朵
人间是错了听觉

跪了下来的天空
携几堆篝火燃烧
已旧的旷野，被贴上封条
渐硬的阳光下
尘埃的浪花翻卷
空了余温

正是黑暗柔软
不需要道路的天空
众鸟回旋
仿佛满怀理想
像神模样的时间
安详而凌厉
几度迟缓，一脚踏空
似乎荒谬、真实、没有道理

如果对此深怀赞美
大多应是谎言

2021 年 10 月 5 日

母语

对付时间
我用记忆作工具
对付失忆的时间
我用母语
它像一粒石子
在山涧激起回响
它如一声蝉鸣
那是童年的人质

我习惯用它朗诵诗篇
它的语法
纯净、赤裸、强壮而锋利
时间弄它不死
更别说要连根拔起

但它难以诉说幸福
在母语的遗忘中
我快乐着——
告诉你我很好
语气带着安慰
神情却犹豫

我不知道旧巢对于鸟的意义
在它面前

我隐瞒一个诗人的身份
羞于被认为
我对生活善于抒情

2021 年 10 月 6 日

路口

一

路是宿命
每个路口的选择
达成的是与命运唯一的契约
要走过的路是一种现实
未能走的仅为一种可能
反反复复
人生所必需

二

经过路口
就注定会有迷途
梦想着另一条道路的人
都丢失过行囊
认为路走对了的
曾相信错过
至于承认错的
最需要体面与尊严

三

道路深处

许多失物无人认领

有些遗憾

已无法弥补

也许一个走得太急

一个来得太晚

它俩的时间发生偏差

一个在另一个之外

四

曾经的爱，也许无法还给爱过的人

有的相逢，可能是重新习惯错误

但不必

在春天怜悯悲哀

那些已被遗弃的道路

都有尽头

五

越走越深的路上

遍地炊烟

创造了新的故乡

越吹越新的风里

已见花开

错过路口

其实是因为依恋迷途

六

只有存在的东西，才会消失
不管在此地，还是在别处
误会的路口
自己充当哀悼自己的人

2021 年 10 月 8 日

秋的断想

没有一个秋天是正确的
那些花，才开过几天
也只开了一次
就成为熟了的果实

无论什么样的秋天
全都没有开端
空了的天空，只是留白
众鸟肃穆
它的道路被掩藏了起来

老的阳光
也会轮回
镜子般的大地，宁静而安缓
一队蚂蚁
正踩疼我的影子

2021 年 11 月 4 日

赤脚

赤脚走过的童年
或许已被最好的土地爱过
那些被追赶过的风
留下无法消除的味道
那些走丢了的月亮
总在树梢，传出一阵回声
村庄，溪流，旷野
都是一个人最美的风光

走过赤脚的童年
注定永远信赖土地和阳光
赤脚，这是一张通往童年的通行证
凭它可以找到旧时的路
越来越清晰的旧时光
以及有人呼喊你的小名
曾经的赤脚
总是与自己不断地告别
而最后，又相逢最初的自己

2021 年 11 月 8 日

风过孤林

像黑白唱片转动
翻唱一首没有家的歌谣
声音暗哑、细碎而忧郁
——每一个孩子都相信过
风有音乐的身体

蛇一般
游进树木的缝隙中
有时还披着鳞光
斑斓而清凉
——每一个孩子都曾以为
那些风，全都被遗弃或走散
似乎遇到隐居之所

捕捉风的翅膀
辨认出它的容颜
这是每一个孩子的心理
当风的衣裳飘在树梢
就像抵达眼前的万花筒
时间轻而繁茂
——每一个孩子，从此拥有童话

于林中深处缓慢地消逝
一阵回声传来

这样的背影令人迷恋
风，一定会有自己的根
也各有回家的路
——在风的流水里
有些孩子，做了自己的岸

2021 年 11 月 16 日

瓜豆棚架

她总喜欢在空地上种几株瓜豆
每次都要吆喝我去做个棚架
其实那几株瓜豆大多没有收成
有时好不容易结出的一些果实
说实话也不值几个钱
但我每次要花上比收成多几十倍的费用
买不少竹子来搭建棚架

我知道她执迷种植的原因
也喜欢看她在花开花谢时欣喜雀跃的样子
她只是想表达某种满足
似乎在种植一种生活
她不知道或许不在乎这是得不偿失的行为
她享受我对她不计成本的支持
我愿意为她搭建棚架
只想让她累着，忙碌着

2021 年 12 月 9 日

断桥

半张残弓，倒影
被远方一片云朵压住
——风景，都是水的废墟
大提琴似的回音
四处飘荡

岸边，凝望
石头清凉
模糊的悲伤
——告别总会比重逢多
只多了一次
回忆中的人
不宜相遇

遗忘比爱强悍
已想不起的从前
——没有归途是正确的
夕阳斜照
最后的默存

2021 年 12 月 14 日

吩咐

"明年开始，不要再买烧猪啦
又贵又浪费，还有冥纸
买一点点大额的就可以了"
——清明扫墓归家途中
一直没有固定职业的女儿
认真地吩咐

既想节俭
又担心地下的不够花
——确实有点不解

2021 年 12 月 16 日

布景

一个村庄，需要炊烟作布景
一座山，需要白云作布景
一片海，需要蓝天作布景

一种远方，以青草
——上面覆盖着雪
一种回忆，以星光
——照耀各自不同的故事
一种重逢，以细雨
——使持续深情的人沧桑

那些以花朵的，是告别
以幽暗的，是时间
飘着磷火
回响

2021 年 12 月 25 日

那些纸花

凝固的绽放
长久而安静
挽联的频密更换中
一样的装饰
不同的告别

没有芬芳
也无须凋谢
仿佛用完了全部力气
素净与苍白
是被放尽了血的颜色

一种无法被安慰的哀伤
适合以盛大和华丽
安顿

2021 年 12 月 28 日

缓慢

当晚风吹过
低头，路上蚂蚁的队列整齐
我感到自己的衰老
突然如此缓慢

2022 年 1 月 7 日

当晚风吹来

当晚风吹来
时光正变得薄而模糊
远山仍是远山
扎着轻烟的头巾
此时怀念开始暴躁
它是暮年最后的饥饿

落日就是曾经走失的
河流依旧清澈
一生是那么长的瞬间
没能看清
路却抵达

原来尘世是永恒的年轻
终于，有一种悲伤学会忍住
梦，必须留白——
最爱的人是错过的
最好的日子是曾经的

路旁草地上
一只蜜蜂
向最后的一朵花
倾诉

2022 年 1 月 8 日

碎落的月色

现在
我总喜欢在月夜
倾听——
轻柔的风如何吹响月亮
月色碎裂
像经文落入纸上
大地骨头的燃烧
煮沸着夜

我低头，蹲下
努力分辨自己的影子
放缓步伐
想拔出人世的脚窝
我看见，草丛中
两只昆虫
总向暗的地方飞去

月亮的肩上
仿佛披着经幡
我还学着打坐
像刚出家的人
无边的宁静是那么美好
月色如此浓郁
我暗不下来

我甚至想象
对于铺满月色的大地
地下的蚯蚓
是否把它当作天空
而能够恢复视力
在不知方向的疆土
追赶方向

人世是巨大的梦
我未能从中醒来

2022 年 1 月 13 日

重逢

"想不到能见到你"
——毕业 40 周年同学聚餐
进行到一半时
我静静走到她在的那一桌
腰，努力挺直着

"我提前到的，一直没看见你"
——她的声音平静而温婉
"听说了，有你参加"
——我轻轻地伸出手

她始终注视着我
眼神坚定，却似藏着一束光芒
——"以为你不会来"
"还能认出我?"

"记得已是 40 年没见过面"
"你是我想象中的样子"
——尽管她变化确实很大
我慢慢地往杯里加满酒

没有一个同学
从这样的对话中听出什么
省略问候与寒暄

也不涉及回忆与幸福

遗忘与命运，以及

谁又能够可以重返青春的问题

此时是夏日正午，我看见

刚才天上的那一朵云

片刻凝聚

片刻又散开

一生，在相遇的地方重逢

一生，在错过的地方分别

2022 年 1 月 16 日

空巢

时间久了
悬挂树上的空鸟巢
就会掉落
但不断有新来的鸟
继续安家

属于旧巢的鸟
从来没有归返
再看一下它自己的旧居
我们也无法知道
在没有道路的天空
它们到底在哪里

旧巢，新巢
重复无尽，前后相随
鸟儿一对跟着一对
哺育，分别，遗忘……
鸟的世界，自有鸟的命运

仿佛人间有时也大抵如此
我们把出生的地方叫作故乡
却一直在路上，在逃离
在抛弃，在成为新的人
在没有方向的世界

追赶着方向

像江中鱼群
追逐天空星辰
我们一生做着两件事
心在远方
客居他乡

——所谓漂泊
也许就是拥有永远的家

2022 年 1 月 22 日

弃权

过年
也像是一项人生的体育运动
看谁跳得高，跑得快，技术强，发挥好
可有时这个项目的裁判
总喜欢吹黑哨

我一直努力训练
认真比赛
遵守规则
可他每次都要找我的碴
要么压低我的分数
要么判我犯规
甚至有时直接给我亮起黄牌

我多次申诉、抗议
但无法改变结果
现在，我决定
弃权
不再参加比赛
我要让他难堪
让他无所适从

2022 年 1 月 27 日

家乡的溪流

从寂静的两座山峰间
生出浪花和云朵
低缓的手风琴声里
天空不断把自己推远
那种幽暗的消逝
令人伤感

白天，它像穿着妙龄少女的碎花裙
我仿佛是它波心里的一尾游鱼
晚上，它的每一道波澜上
住着流浪的月亮
那些碎裂的星辰
被磨成了钻石

我的少年和暮年之间
相隔着这段溪流
我轻轻地一跳
连落地也悄无声息
从它这里启程
我就是归返
就会抵达
看清自己的怀念

这条小溪流

始终流着昨天的流水
我看见了
母亲的面孔

2022 年 1 月 27 日

田野的迷津

炊烟饱满
像一匹广阔的丝绸
天地间，有牛
咀嚼青草的声音

牛的动作简单而庄重
抬头，波澜不惊
深情凝望，两弯新月般的角
闪着光泽
低头，缄默而安缓
一些细碎的草末沾在嘴角
穿在鼻孔里的绳索垂拖在地上
不时，仍要晃动几下尾巴

只是它的双眼
慈悲，又略带忧郁
像蓄满泪水
清澈而幽深，绝无尘埃
它身上的气度
谦卑、倔强而忠诚
像早已知道自己的命运
或天然有着对土地的信仰

当有牛行走

这是田野唯一的迷津
天空变得柔软空旷
一曲长调
仿佛被远处的群山拉奏
一切，接近神迹

2022 年 1 月 28 日

第三辑

火焰一朵

直至中年
我仍看不清它的容颜
却突然感受到它的锋利
我只能耐心等待
它正在溃散——
一半燃烧后的结束
一半涅槃后的开始

雨中枯树

像一个打坐的人
披着水的乱发
雨滴的击打
隐约的木鱼声

一只鸟，站在上面
像丢失了天空
它的翅膀
粘着雨丝的灰尘

这种虚无
恰到好处
凡雨中的造梦者
离哀悼最近

2022 年 2 月 11 日

那一片湖水

仿佛天空遗落的窗口
深情的人
总会迷恋
并眺望，怀着希冀

一切适合倾听——
里面，是无限的安静
树木的倒影，裹着辽阔的幽蓝绸缎
星星的火焰，点燃黑夜的碎片
山冈起伏，一片有节奏的诵经声
从小在这里长大的风
飘着柔顺的长发招摇自己
还有，曾追随去过许多地方的月亮
孤独而纯粹
以此为故乡

突然忘了此生
也不知行至何处
在这面窗口的镜子前
只要站久了
就会有沧桑的姿势
如果破镜而入
也许就可找寻到
阳光的花瓣

2022 年 2 月 14 日

河岸

近，够不着
远，在眼前
此岸，彼岸
上面，时间的爪子
翻阅季节的诗集
水声荡起
片片尘埃

迎接的
也是必将告别的
万物皆在迁徙
一大片空
以及空的回响
鸟往对面飞
那边有不一样的天空

旷野的剧场
炊烟四起
尘世中
人群奔涌
仅仅是一种往返
渡口，一只纸船
可否摆渡到我家

2022 年 2 月 17 日

登山

不为接近天空
只是与尘世作一次隔离
烟火人间
仿佛看不尽的脸孔

旷野的时钟
岁月浮在上面
阳光的重量
是最轻的那种
有些东西从土地深处长出
有些又深入土地深处

风推开大地之门
每一条道路往后倒跑
越来越薄
起伏的山脉
晃碎了一片片云朵
涧谷流水不竭
去向不明
我是，又不是
我的尘土，我的远方

如果周边是海
群峰就是挣扎上浮的船

也是随波逐流的宿命
如果我是一条鱼
就会淹没这一片海

2022 年 2 月 27 日

纸飞机

一直翻飞、回旋
在童年的回忆里
掉落后，又被捡起
飞回天空，像一只鸟
——空中坠下的悲
空中飞翔的欣
成为最节俭最迷恋的游戏

为了飞得更高
曾站上过课桌、房顶、山坡
为了飞得更远
曾跑去过广场、草地、田野
以此作为跑道
相信风，可以吹向远方
为了让翅膀更能飞翔
反复改进折叠的方法
执着、耐心，技艺越来越纯熟

在纸飞机里飞着长大——
白色的遗落
也许因梦太重
幸运的人
是否学会了跳伞

2022 年 3 月 5 日

三月

三月，穿着神的衣衫
烟雨，是最深情的事物
万物微茫
似是去年的春天

鸟鸣叫蓝了风
柔软得像丝绸
阡陌、堤岸、原野，繁花开满
像盛典，尘世辽阔
新的剧本，旧的故事

飘动的白云
仿佛时间的影子
阳光明媚而年轻
行人暗不下来
湖面，几只鸭子游过
乱了青山的倒影

人间大好
好到无话可说——
幸运的人，一生被三月治愈
不幸的人，一生治愈三月

2022 年 3 月 11 日

窗景

车窗前方
夕阳，伫立天边
鬃毛披拂
一副嶙峋的尊严

车窗后面
一只与列车相向的飞鸟
仿佛引领远处的青山
以及村庄
不断倒退

一切，荒谬而真实
尘世里
空间已是时间
速度似是虚无的温床

2022 年 3 月 17 日

改变

没有固定职业的女儿
开始喜欢穿她母亲的衣服
一改平时的懒散、随意
甚至有点吊儿郎当的形象
显得素雅、沉静

每次我都有意夸赞她
不仅是为了让她得意
还把她看成她母亲曾经的样子
我越来越发现她身上还有许多优点
竟是我平时有所忽略的
我甚至相信，她的那些优点
可能来自她的母亲

我开始不自觉地对她更加宠爱

2022 年 3 月 17 日

咸味

"厨艺与天气有很大关系
晴天，炎热，就多放些盐
（因为他们干活，出汗多，口味重）
下雨天，就少放
（他们没出工，待在农场里，口味淡）"
——一位厨师得意地告诉我
他当年在知青场时厨艺深受夸赞的原因

"随便，只要有一块蒸咸鱼"
——每当被问起晚餐想吃什么菜时
我都会习惯性地这样回答
"少吃一点咸的特别是腌制品，对身体不好"
——直到今天，我还被数落和劝告
可我不愿告诉她们——
只要端详着咸味
我吃什么都特别香

海里的鱼
从来没有被海水腌死的

2022 年 3 月 21 日

秘招

年少时
常被班上一个同学欺负
虽然他力气大些
但我不肯服输，坚持反抗
为"惩戒"我，他有时会在放学后
蹲守在我回家必经之路的某个地方

一个高年级的师兄
教授我一种防范的"秘招"——
碰面时及时主动打招呼
而且满脸笑意
装着不知道怎么回事
理由：这会让对方不自觉地"泄气"
对我"下不了手"

"示弱"，真的会这么灵验吗
我始终半信半疑——
因一直没有运用
确实留下了一种遗憾

2022 年 4 月 1 日

镜子

我相信镜子的深阔
它的幽暗，没有尽头
在里边存放过的一切
无从找寻

它装下天空
却装不了声响
它只有风景
却没有再回来的事物
岁月只能浮在它的上面
所有的路径
全无踪迹

我无法推理它的反面
是否有时间在飞翔
这一片遗忘的土壤
回忆为何获得生长

它只映照回头的人
而我，始终躲避着
它的追捕

2022 年 4 月 5 日

害怕

我不害怕老去
尽管暮色是突然降临
像断桥上的风
仍会一直奔跑
往前是远方
往后也是远方

我害怕的是美好的事物依旧
那朵低身空鸣的云已经古老
但其实它什么地方也没有去过
湖面上的天空
仍是那些岁月
时间袅袅升腾
还有一只越飞越远的鸟

人间甜美而尘土飞扬
这一刻，都是少年
奢侈的遗憾
我害怕这样的疑问——
是否对年轻的梦想忠诚
如果怀抱我所不要的
我什么都已拥有
是否就有了可以向青春致意的理由

我只是害怕此时的重逢
她白发苍苍，牵着别人的手
我颤颤巍巍扶着别人的胳膊
眼里还有她年轻时的微笑
这一幕，仿佛昨天
但这一微笑，已是一生

2022 年 4 月 19 日

在涛声里

仿佛身处最空的地方——
海，打碎了水
回响，尘世最柔软的旋律
它臻于庄严
像神的语言
惊悸而安缓，荒芜而透明

这一片疆域
火焰自己熄灭
风，废弃了方向
绵延不绝的波光里
过去与未来同样遥远
一种时间停息的模样
此时，此刻

万念变轻
从不陨落的星辰
如时间的遗物
它想有所依附
又感到飘摇如浮云
它想抱住波涛
已足够深情
近乎成为一个没有根的人

2022 年 4 月 21 日

方言

他在京城，近百岁了
是家乡出来的名人
对于前来探病的我们
他已辨认不出
也听不懂我们说的话
神情有些痴呆的他
仿佛沉溺在另一个时空
尴尬的气氛下我灵机一动
用方言与他沟通
不料他突然清醒起来
还带着孩子般的激动
仿佛看到从家乡提来的灯笼
灯焰在风中一闪一闪

2022 年 4 月 24 日

记忆

许多的日子
想起一个人
在一个人的时候

曾经的一天
忘却了一个人
在两个人的时候

像波浪漫过火焰
像风拂过古老的树林

2022 年 4 月 24 日

某种大数据应用

它像个官差
把我押解（当然美其名曰"护送"）
却不让我知晓目的地
我被它导航
沿着它设计的路线
身不由己，甚至方向相反

它是一头叫"消费绞肉机"的怪兽
强壮，且智力惊人
起码有两个心房：一是计算，二是算计
它饥饿无比
洞察我的全部行为
在极短的时间里把我抓住
对我精准控制
我的偏好被强化
我的欲望被放大

它那"自动化"之类的手术刀
锋利无比
它用"服务系统升级""网络平台"等
对我的身体进行改造
植入新的程序
转变我的细胞
甚至还事先生产好假肢

然后废除我的某些器官
让我变成残疾后
再一一置换

我仿佛被"转基因"
陷入"功能性愚蠢"
没有感觉被剥夺、被支配
像个奇怪的"符号"

2022 年 5 月 2 日

映像

都是中年的部分
风景仿若隔世——

天空的梯田里
一双黝黑如农妇的手
拔除了所有的青草
圆满而坚硬的落日
挥洒的最后光芒
鲜花般插入山巅

旷野，缠着河流的绷带
一层又一层的江水
翻涌着流逝
席卷全部的红尘
在浪的花瓣上
钟声响起

时间披上一幅画布
越来越远的地平线
路已被淹没
山河辽阔
万物的影子
正在嵌入黑暗中

2022 年 5 月 10 日

悟山

亲近山林
中年后的一种修行——

仿佛身处时钟的内部
听得见时间慢了下来
花、草、树木、岩石和深谷
都有沧桑的脸容
像时间的遗物
锋利的阳光从空中洒下
朵朵阴影沿着光柱攀爬
越来越舒缓的流水
也越来越清澈

一山，一心
独白温柔
一个人的风景里
灵魂很轻地落地
一缕风，足够悠长
一片云，足够简洁
鸟鸣叫蓝了天
身后
一片寂静

太阳在这里升起

又落下
山脉生长
海，站立
筑起鱼的巢

2022 年 5 月 15 日

掩护

20 世纪 90 年代初的一天，街上
复 BB 机
老婆呼叫
指令买两包卫生巾
不情愿地到超市
结账又遇排长队
头一直低着
感到特别尴尬
收银员是位美女
笑容却意味深长
她特意离开
找来个黑色塑料袋
装上它们
我突然感动
联想起谍战片——
被跟踪的地下党
受到了掩护

2022 年 5 月 16 日

火焰一朵

它是永恒的谜——

难以归类为某种物质
非固体也不是液体
属性捉摸不透，甚至说不清
它来自何处
将成为何物

它神情温驯，雍容却不安
分明疼痛，不时地跳跃
扭曲，甚至哭泣
幽暗背景里的燃烧
过程从不繁华
只是自己辽阔自己

我的童谣
生长在这朵火焰里
但它的重量与色彩
我始终没能刻画出来
铺在我胸前
暖的
是它纯净而忧郁的光亮

直至中年

我仍看不清它的容颜
却突然感受到它的锋利
我只能耐心等待
它正在溃散——
一半燃烧后的结束
一半涅槃后的开始

2022 年 5 月 23 日

迷惑

从前
我的表达
句子开头总喜欢第一人称
多么快乐和简单
——"动物小的时候都可爱"
也许就是缘由

现在，我的诗里
很少出现"我"
或"我是"，"我"如何
像有许多神秘、许多顾忌
——可见，人到中年
已经对自己陌生
嫌弃而迷惑

2022 年 5 月 29 日

深邃的时辰

青山压在水面
万吨的光阴漂浮
天空把自己扭向一侧
留下幽暗和镜子
晚霞在西边燃烧
指示时间的方向
着火的海
涛声一层一层

时辰深邃
隐约的伤口
一切都是我的曾经
面对老去的黄昏
无语地对白一场
我期待
也饱含忏悔
如果让回想不再枯竭和完整
必须忧伤

而我低估了万物相忘

2022 年 5 月 31 日

安静

因一些业主投诉
说青蛙虫鸣声太吵
影响睡眠
于是物业在小区水池里下了药
可另外有些业主又不满
理由是不习惯
太安静

2022 年 6 月 2 日

失信

"我一定会给你幸福"
——他向她求婚时说得很坚决

直到老了
在她面前
他从来不提此事
好像已彻底忘了

其实他很羞愧
他发现事情正好相反
——一直给自己幸福的是她
失信的人原来是自己

2022 年 6 月 4 日

远方

我的远方很远很远
那时我四岁、六岁、八岁
家叫安定村
在小山腰上
大人说山的背后是海边，有海滩
再远的地方我一无所知
我看见附近的村庄特别遥远
我放飞的风筝
全飘向那里

我的远方很远很远
那时我十岁、十二岁、十四岁
我到过最远的远方——
南边是亨美村，北边是榄边村
东边是龙穴村，西边是新田地村
远方有多远我没有见过
黄昏时，这些村庄的炊烟
都仿佛飘向我家

我的远方很远很远
那时我十六岁、十八岁、二十岁
我考上了北方（村里人都这么认为）的大学
那座城市有多远我不知道
我认为外省就是远方

远方就是北方
家乡的村庄很小很小

后来，我家乡的村庄变得很大
村庄成了远方
那时我三十岁、四十岁、五十岁
我好像一直为村庄单独保存着柔情
岁月沧桑，我终究归返
从此，我的身躯像抵押在村庄
包括那些曾是远方的附近村庄
如亨美村、榄边村、左步村、新田地村
我的身影直接、纯粹、舒缓

一天，在大城市长大的女儿问道
山的背后是海边，有海滩
如果它是远方
——哦，原来我在原点
原来，心只有一块邮票大的地方

2022 年 6 月 5 日

六月，做一个深情的人

六月，做一个深情的人
谛听升在空中的大海
火焰燃烧
亘古的蓝，音调光辉
慈悲而庄严
阳光都是本来的颜色
抚过大地，如波浪
气息浑厚而低沉

六月，做一个深情的人
无须对时间怀有敌意
岁月浮在人间上面
一边是挽留，一边是拒绝
绵延不绝的波光中
停留着过去与未来
一个人，在梦着世界的时候
美好始终

六月，做一个深情的人
所有的风景都有自己的宿命
万物生长着人们喜欢的模样
河流丰沛，山还在遥远
空中满是鸟儿的歌唱
繁忙大地，都是旅途

回转身处，曾经的道路
正在掩隐

时光强悍
开始可以用于回忆

2022 年 6 月 8 日

一座寒山

无法阻止——
每一个所谓阳光灿烂的诗人
心中都供奉着一座寒山
这仿佛是一种天生的信仰
那些寒云寒江寒月寒林寒亭寒寺
让他迷恋

坐在山中
他以为坐在时间之外
孤寂泅染，苍茫浮世
黑白碎片，接近神迹——
一幅寒山图，足以表达
人生的威严与端庄、珍贵与尊严

像朝圣般
万物融于他的心中
山越清
人越静
他看见最终的善
并接近人间最无根的那个

2022 年 6 月 20 日

意外

一个中学同学
一个大学同学
一个美丽、优雅
总是认认真真读他的诗
常谈起：以梦为马，春暖花开
后来，她嫁给了好人家
一个长相平凡、朴素安静
虽也帮他誊写诗稿
但从未懂得他写什么
却成了他的妻子

到现在，他仍认为
幸福的东西往往都很意外

2022 年 6 月 22 日

夏至

阳光凶猛
从背后
咬掉了我的影子

2022 年 6 月 22 日

关于再见

不期而遇，是重逢
不作道别，是分离

再见
人间最遥远的距离

2022 年 6 月 26 日

第四辑

归途断想

你看不见
鸟的眼睛
但你分辨着
它的鸣叫

——都是地方的口音

归途断想

一

都要折返——
谁愿将余生
浪迹在未知的旅途

在旅途中
被喂养得强壮而盛大的孤寂
都是短暂的
将结束于旅途的结束

面对归返的宿命
你无法全身而退

二

没有母亲的故乡
是不完整的
故乡的土地
住着父母和童年的你

你以为你的逃离、告别甚至抛弃
是为了成为一个新的自己
其实它也是虚构了一生

尽管你的灵魂
到过所有人的故乡
只有你的故乡
无论好坏
无论喜欢与否
都是你命运的遗产

三

故乡的风景
都像包了浆
陈旧，散发着温暖的光

比如那条青石板的窄巷
古树、荒草、山坡小径
以及薄了下去的土地
被风吹得更高更远的天空
还有两条小狗
围在你的脚边
像要嗅出你年少时的味道
那头牛，眼神慈悲
像蓄满了水
尾巴欢快地竖向天空

仿佛从往昔徐徐传来
一种缥缈而熟悉的声响
你期待
有谁能呼喊出你的乳名

四

如果热爱
它就是故乡
如果忧伤
它就是全部的泪水

你最担忧的
如果见到她时
你已把她忘了

你一生的抒情
都停留在你年少时

五

没有一朵云来自故乡
而村口的大树仍在原地
群鸟，将不知飞向何处
你认出了那几只
曾在你心中筑巢

你看不见
鸟的眼睛
但你分辨着
它的鸣叫

——都是地方的口音

2022 年 6 月 25 日

收藏

大地用秋天收藏河流
大海用蔚蓝收藏天空
雨用网收藏风
时间用耳朵收藏鸟鸣

我用炊烟收藏故乡
用漂泊收藏一轮明月
用眺望收藏你走过的空旷
用诗歌收藏落日的情怀

——请给我回忆

2022 年 6 月 26 日

隧道

当外婆缝补衣服时
我喜欢坐在旁边
等着帮忙穿针眼
为的是满足成为"小大人"的虚荣心

其实穿针眼是有难度的技术活
线头要整齐，尽量揉细
不可急躁，手不能抖
屏息，心静而忘我当然是高境界
——不必非看着线如何从针眼穿过
有一种神秘的感觉，顺应它
让它引导

人的一生，是一条隧道
我运用了这一招
就这样，像把自己送进针眼般

2022 年 6 月 29 日

小偷

他像猫一样
神情自若
紧随身后
你始终保持警觉
提防着他不知何时下手

每天，你都认真检查行囊
仍然没有发现东西丢失
后来，你忍不住
问他要结果
他微微一笑——
你的方向还在吗

2022 年 7 月 2 日

在诗歌里

在诗歌里
爱与饥饿是枕头
梦朝着与时间相反的方向蔓延
你将与最初的自己相逢

在诗歌里
都以泪水为荣
你于回忆中不能自已
那滴泪珠被雕刻
像罂粟花般，极美

在诗歌里
黑夜被选作故乡
你凝视夜的出口
穿上最雅致的衣裳
去衬托最好的山水

2022 年 7 月 4 日

旧居

我是一个能够记住旧居的人
——旧居留下物证
以及回响
等待那个离开后
承诺返回的人

回到旧居
都会年轻
说好不再回忆
就突然怀念从前
——没有更好的旧居安顿我
也没有更差的旧居温暖我
我已去了一个你想不到的地方
去了你还来不及记住我的地方
我欠旧居一个圆满
——如果没有爱你
幸运在年轻时爱你
多好，心还是自己的

一对新人，已住进旧居
我该走了
这是我看你的最后一眼
也许还来得及看你最后一眼

——新人，请不要一下子
用完爱情

2022 年 7 月 6 日

短笛（四章）

一、关于海

异乡的
尘世的一口井

无法打碎的镜子
天空在水里
满脸皱纹

桅杆，插向
倾斜的远方
全是故乡的涛声

二、关于青春

所有的长度中
最短的一种

它证明一种逻辑
——变旧

当萤火虫在额头上
形成星座
人在梦里

也会把自己淹死

今天，是回不去的遗址

三、关于怀念

人间的药——
一副假牙
反刍往事

如同倒放录像
寂静是最好的回声
夜足够深的时候
陈旧的记忆会发亮

被遗忘的
不是最好的时光

四、关于幸福

当一只酒杯
盛满月色

当时间
以花开的妩媚

当一个人
被另一个人怀念

人间长满命运的草
当把白云别在胸前

天空，低了下来

2022 年 7 月 11 日

误车

长途客车
已经启动
我拼命追赶、呼喊
手里不停挥动着车票

默默往回走
站牌下
有一个人仍在静静地伫立
脚旁一个行李箱
眼里含着泪光

路尽头
空旷一片
我突然有一种悲壮的决心
爱她，应该就是她
无论她是谁

2022 年 7 月 13 日

灵魂之所

也要爱我的灵魂
——她不止一次
提醒她的丈夫
除了爱她的身体

灵魂在哪里
——他蒙了,追问着自己
灵魂就在这里
——快到离婚的境地
他带上她,坐了一天火车
来到海边

灵魂仿佛饱满了
——在海的辽阔里
她长时间沉浸
直到阵阵涛声
变得有点单调和乏味

不。此时是谈论灵魂的美妙时刻
——她感到饥肠辘辘
他拒绝了她想找地方吃饭的愿望

灵魂是自己的事

与饥饿有关
——他似乎让她明白了什么

2022 年 7 月 18 日

夜

用一滴墨汁
化出浓妆

用一根针
串起星星的纸花

提着灯盏
穿过流水

铺展一片绸缎
让那些越狱的灵魂
消失声响

2022 年 7 月 23 日

返乡

一

至少已是回家
至少有家可回
他担心自己活了许久
会被出生地遗忘

二

他离开家园
不是被故乡流放
忘了回家的路
是因为他还没有真正的家
故乡的芭蕉叶
成为他前世今生的船

三

像在找寻灵魂的遗址
他一直肃穆
回忆往事
他显得年轻
他相信，归来
才是漂泊者最极致的梦想

四

故乡像整了容的老人
有一张看不尽的脸
他那空荡的旧宅
仿佛在人间摇晃
庭园开满了白花
虚掩着的门，锁已锈蚀
推门而进
却无人迎候

五

熟悉的村庄里
他成为最陌生的人
始终没有听到
有人喊出他的乳名
村庄里的孩子们
都是新鲜生动的面孔
他安慰自己——
一定可以认识他们的父母
以及他们用旧了的容颜

2022 年 7 月 24 日

海的断想

它是永远的开始
它是最后的幻想

它没有出路
它继续生长

如果对世界忧伤
可以通过它的一朵浪花
哭泣

2022 年 7 月 24 日

夜的断想

黑暗流出泪水
大地露出忧伤的骨头——
夜，成为诗人一生的宗教

他要偿还——
一首孤愤的诗
一场醉酒
以及一生的爱情

他大口吞咽光明
将诗歌炼成人间的药
当然，也有许多人相信

2022 年 7 月 24 日

红绿灯

当在路口
他有时措手不及
有时又保持安稳之心

对他来说
绿灯是一种奢侈
红灯是一种魅惑
至于黄灯，却有点无常

绝对的平等
来自约束和规则
现在的他，一见到红灯
已不再特别来劲

2022 年 7 月 25 日

以水为镜

需怀有云朵一样的心情
谛听暮鼓晨钟
以及一层一层的流水里
那些看不见的星星

来自镜子之外的映像
都是虚构
那些越是美好的事物
越易破碎
有些悲伤无法被安慰
晶莹的浪花会伤了你

昔日的灵魂
藏在流水里
那个走过的女子
不是你认识的人
耻于怨恨，止于哀悼
才配得上你的悔意和怀念

没有人的水面
像打不碎的镜子
你的眼睛
踏过星辰的蹄声

2022 年 7 月 25 日

梦的断想

一

梦是心相——
你像一块极易自燃的磷石
当想过了她
就会闪烁着光

二

梦，总是轻的
像把花瓣盛放在纸上
美得极其可疑
怀着你所不要的
你什么都有了

三

所有的梦，都是遗忘
你还是不太相信梦
可梦，相信了你
梦里的悲伤
恐怕是真正的悲伤
有些事物
注定消失在梦里

四

每个梦都是新的
你担心有一天遇到她时
会把她忘了
你放上哀伤的乐曲
像淹死在自己的梦里

2022 年 7 月 26 日

中年

一场宴席
最后总是三三两两
一场谢幕
一般都会拖拖拉拉

现在刚好中场
就像散了的戏
观众悄悄离场
舞台空空荡荡
一个人，穿着戏袍
躯壳般，朝星空甩着水袖

没有人知道
谁在戏袍下哭泣

2022 年 7 月 26 日

山下感怀

登顶，年轻人的喜爱
是青春的一部分
他们把山峰当作人间的灯塔
好像那里长满了他们的风景

他们雀跃欢呼
喧嚣着，总要挤在一起
看鹰的飞翔
靠着天空，暧昧地
谈论生活和理想
找寻想象力所能抵达的世界

而我，却越来越迷恋于
在半山下的游览
可能是一座山峰的庞大
足以局限了我
这里，阳光是最轻的一种
旷野低垂，流水丰腴
生出浪花的小溪
越缓慢，就越清澈
岸边走过的人迹已成为草
水面，落下一缕白云
寂静，依恋，无碍

还有两只蝴蝶
停在小树丛的枝头
几只昆虫
朝有光的地方飞去
我的世俗之心
又泛起生活的尘土

2022 年 7 月 27 日

老师说的

我们几个野孩子
特别喜欢在村外的山丘玩耍
小山丘有点荒芜
除了一些小树丛
就是稀疏的松树

最初遇到雷雨天时
我们都有点不知所措
躲避的方法五花八门
——"老师说的，不要躲在大树下"
此话一出，像有魔力
居然把争吵结束
后来，大家都不敢躲在松树下
而是就近找个地方
蹲下，捂着耳朵
坚持等雷阵雨过去

山坡上的我们
仿佛是几块灰色的石头

2022 年 7 月 28 日

算法

"十元两扎"
——早上，农贸小市场
问卖姜花的小摊主后
嫌贵，离去

傍晚经过，又问
——"十元三扎"
便宜了，心想
于是买了两份，二十元

"早上只能买两扎"
——被小摊主认出
他有意解释了一下
我笑了，确实有点得意

可是，所买的花有许多朵
在整个白天
已开放过

2022 年 7 月 29 日

偷不走的荣誉

小学的一天。暴雨
大水漫进教室
爱出风头的我
主动找来砖块
用泥巴砌起门槛
把水挡在门外
看着第一天穿的
溅满泥巴的白背心
（母亲难得为我买的）
我犹豫着是否再干下去
此时，心里居然想起了
老师教的关于雷锋叔叔的事迹
于是，我鼓励着自己
——这点脏，这点累，算什么！

——当把这件事写进作文
我居然获得全校作文比赛第一名
奖品是一个小笔记本和一支小水壶形状的钢笔
颁奖后，课间休息短短几分钟里
放在书包里的奖品
竟然被偷走了

这是我小学到高中毕业
唯一获得的奖励

——直到今天
我依然没有耿耿于怀
我始终相信并自豪
它从未被偷走过

2022 年 8 月 2 日

怀念

缓慢散开的回忆阳光
把命运的奥秘展露无遗
你的一生，保持梦的姿态
仿佛成为一个寓言
它无从开端
却按时结束

比如青春
它与青春期不尽相同
就像珍珠与贝壳
你对青春的唯一挥霍
只用于为爱情输血
现在它像标本被贴上封条
你发现它的那对翅膀
好像从未挥动

比如美好
它总有影子
你当初不回头的转身
变成诀别
她说，永远不会停止爱你
尽管已没有意义
你以为，爱过就已足够
盲目地

把相遇理解成一种深情

谁能怀揣幸福
持久的热爱只是虚惊一场
有些往事
会让人措手不及
人老了
才能揣度真正的怀念

2022 年 8 月 3 日

黎 明

如同披着轻纱的少女
秀发沾染露水
细薄的皮肤
潦草而闪亮
犹如乳汁
渗透母性的气息

梦里遗忘的那些星星
碎裂于幽蓝的幕布
几声鸟鸣
在山野滴落
像是一幅画面
艳丽和深重

一驾黄金的马车
从容跑来
天堂仿佛坐在我的眼眶里
我害怕逝去的又将逝去
紧紧地抓住风
想攀上那片浮云
去获得最美的火焰

2022 年 8 月 8 日

失准的手表

我坚持戴着它
因为它仍在走
尽管时快时慢
时走时停

每次调校它
仿佛像个重新回到生活的人
我不需要看清
那些最准确的一刻所掩走的东西
我以为
有价值的时间依然留在后面

它碎裂的模样
让我足够兴奋
像一堆干柴的它，如果一直燃烧
很快就只剩灰烬
我没有战胜它的能力
但也不能轻易束手就擒

至于命运里，为何这么多的意外
这么多的措手不及
今天如此悲伤、遗憾和无奈
显然，一切应是时间的错

——这个理由，好像最充分

2022 年 8 月 11 日

废弃的旧船

它漂在杂草深处
木腐苔生，遍体伤痕
桅杆插向岸边
远处的河面朝它倾斜
几朵浪花拍打着它
打开流水的腥味

自是一幅水墨画
安详、荒寂、雍容
有向四周弥漫的气势
它卸下远方，像穿越生死
保留足够的尊严
凭吊曾经的河流

天空阔野
它的剪影单薄如衣
它的影子里
泡着白云
风围绕着，吹过又吹回
浅滩上，有鱼虾相戏
一只鸟，小小的脚尖
踩在涟漪上

2022 年 8 月 12 日

在诗里

在诗里
贫瘠的心田
才能开出想要的花朵
可以种植月亮
那些实现不了的梦
才能发光

可以拥有再一次相逢
告诉她你很好
既像安慰，又是犹豫
才能让记忆
翻找出命运的止痛药

在诗里
可以回到童年
回到故乡
才能听到一生的坎坷
才能虚构幸福
让中年的平静
在脸上，在肩上
在突然的泪水里

在诗里
可以举行葬礼

因为你知道
哪一首诗才能把你安葬

2022 年 8 月 12 日

灵魂的呓语

辞别之时
不宜急于哀悼
不宜急于下结论
需用足够的耐心
等待它的醒来
等待它从肉体抽离

它不该属于泥土
它命定抵抗时间
在只有肉体的时代
让它与记忆永远断裂
让肉体单独上路
它留在人间的部分
应该只有感激
从此，它才能被理解
人们的怜悯将要开始

当它找到空中的坟墓
就不会让别人再梦到它自己

2022 年 8 月 13 日

酒的断想

一

能喝的时候
就开始拒绝喝奶
时光，开始一滴一滴
传来回声

二

在酒里
所有的爱情
都值得相信，都被延伸
那些誓言特别明亮
没有多少花言巧语
那些青春的遗忘
都将被修改

三

乡愁是最大的酒杯
盛满月光
只用一盏酒来抵押沧桑
远不足够
离席时，须一饮而尽

四

酒后
总会说自己是清醒的
返程的路
仿佛踩着松软的空气
仿佛踩在棉花上
尘世很厚
酒中天色，莽阔无言

五

酒的方向是梦
当理想不能成为财富
酒的滋味
已是最后一种
像暮年的意境

六

命运的角落
丢满了空酒瓶
在一生无法完成的那首诗里
可以闻见酒香

2022 年 8 月 15 日

少年的哀悼

一片小山林里
静立着一个十二三岁的少年
他面前的小土坡
插着三根小树枝
远处村庄的"万人广场"
正举行一场追悼会

学校曾通知过他
（他因脚受伤，请假在家）
此时他是忍着痛
悄悄来到这里
他想，就是一个人
远远地，也要参加

"一鞠躬，二鞠躬，三鞠躬"
他循着隐约传来的喇叭声
面向树丛
面向"万人广场"
面向蓝天
他的脸上，流下泪滴

——这是 20 世纪 70 年代的一天
这个记忆，深刻而持久
到现在他仍认为

他当时的哀伤不由自主
朴素，真切，也茫然

2022 年 8 月 15 日

溺水的鱼

飘落于河流的天空
系在鱼腹下
鱼，在云上
四散，像被悬挂
轻如风筝

人间倒了过来
在鱼的疆域里
没有风
没有攀爬
没有喧嚣和四季花香
那个鸟可以飞翔的世界
已向它关闭

流水的故乡
鱼在四处回家
衣衫整洁
鞋子宽大
水在它之外
它在时间之外

流水不语
鱼一定是知情者
当不动的鱼，睡着

传出鼾声
我看见它那双
总朝向天空的澄澈眼睛
有泪珠滴落
也有我自己黑暗的存在

2022 年 8 月 16 日

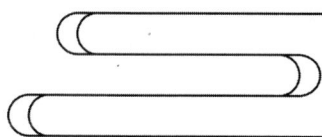

第五辑

辽阔的断想

人间很浅，太多歧途
你无法走出自己的视线
所谓辽阔
都是脚下的一片土地
以及四季
你一低头
就会看到自己清晰的影子

风问

一

我已被风之手
牵引
走过了所有土地

所有的风
都无分别
不管是北方的还是南国的
不管是天上的还是人间的

二

风，是巨大的、凶猛的
也是细小的、孱弱的
但一定是白色的
（我从小就认准了）
是荒凉也是绚丽
它总有一种美
足够衬托尘世的一切
包括天空、旷野

——每个人
都从风的营养中寻找生活

像风，从大海的浪花中取蜜

三

风，是自我的监禁与放逐
它躲闪在时间的背后
来时，莫名的来路
去时，宿命的去处

像逃奔的蛇
像峡谷中的云朵

四

风，弯曲
不伤别人
只伤自己
——哪怕这是错觉
我也拒绝后悔

有风的地方
是最孤独的所在
片片羽毛
其实破旧不堪
早已沾满了疲倦的鸟鸣

五

当风经过我的时候
是对的，也是错的
这个答案，有点残酷

当风不再经过我的时候
是错的，也是对的
这个答案，更显残酷

我将比风跑得还快
哪怕还在风里
我要准备更多的镜子
看清它的真实容颜
以及它碰撞身亡后遗落的骨头

还有，它的深处
那慈悲而绵长的涟漪

2022 年 8 月 21 日

辽阔的断想

你不想给所有的辽阔
提供眺望
它那张望不尽的脸
撩动你心有归宿的战栗
你总会不由自主地
自卑地转过身

天高远，水低落
它以映像的姿态
嵌入地平线
它像时间的剧场
归你所有，又与你何干

你不断跋涉，却未能抵达
你的飞翔，永远不知道高低
它没有让你完成一首诗
它有自身难以超越的边界
你吝啬给它缠绵的阳光
给它星星之火

人间很浅，太多歧途
你无法走出自己的视线
所谓辽阔
都是脚下的一片土地

以及四季
你一低头
就会看到自己清晰的影子

2022 年 8 月 23 日

在月色下

记忆最深处的藏匿
关于圆满的
已记不住多少

星星稀少
数着，久了
本来的三颗、两颗
最后变成一颗

月亮长满水草
人仿佛走在天上
路歪歪扭扭
也越来越缓慢

黑暗的火焰穿过
月光，已褪去当年的颜色
异乡的人
始终躲避它的追赶

2022 年 8 月 25 日

若干名词解释

一、假花

越是生动
越是逼真
就越是它

真的，是为了奉献
假的，用于装饰

只要误以为真
幸福就来了
它适合自己骗自己高兴

不要给予爱情
心田贫瘠
开不出你想要的花朵

二、照片

在它面前
自己成为陌生人

记忆老了
越是美丽的事物

越会感到害怕

他担心，见到她时
已把她忘记

三、征服

一个人，来到海边
忘记了自己
认为已被征服

而那个
一直在海边生长的孩子呢

四、距离

有的东西，像鲜花
只有在阳光下才能显现自己的美丽
有的东西，像蝙蝠
只有在黑暗里才能翩翩起舞

——理想，多么美好
而达到目的的最远距离
是在说到和做到之间

2022 年 9 月 7 日

未必

一

未必，只有想象的事物才会美好
未必，错过的就是遗憾

如果，春天有什么不对
未必，就是对夏天有所嫌弃

人生是不同的错误
未必，抵达不同的终点

二

未必，他当时不知道自己的错
可又能怎样呢
做错了，就要分开
有谁，真的可以这么想

未必，她不知道他是错的
她却微笑着，话语温柔
像是坑他
未必，他一定要求她什么

心，放在不知道的地方

不知道的地方，未必不是地方
一根风筝线，引领飞翔
所有的辜负
未必不是由看不见的命运承担

三

未必，虚构出幸福
就会得到痛苦
那些得不到的部分，如此美好
美好得像是让他筛选了千百次

时光已逝
褪去了颜色的月光
未必，找寻到他的心
那在年轻时，被深深改变的部分

未必，所有的往事
都有碎裂的声音

四

未必，如果让爱完整
就必须忧伤

未必，月亮不可以种植在流水中

2022 年 9 月 7 日

那朵孤零零的野花

在山坡、田野
在荒凉的偏僻处
寂静地摇曳在草丛中
仿似一张金色的叶片
丢落在阳光下的海面

没有蜜蜂，没有蝴蝶
绕着它飞舞
四周无人
花香仿佛被空气粘住
一副绝句的模样
它既是盛放，又是凋零
一边拒绝，一边挽留

我长久地凝视
并深深迷恋
它的美，极其可疑
像大地甜蜜的孤儿
有表达不了的忧伤
它用尽最深的温柔
像要打开一片天堂

2022 年 9 月 9 日

天空之岸

无限的天空
空，也满
倒悬它
如海，横过来
起伏山的波涛
深处云在荡漾
如水之风
漂洗蔚蓝的绸缎

大地为岸
倒映于天空
暗了又亮
旧了又新
时间建造了故乡

——弯曲，环圆形
盛开阳光与星光两朵花

2022 年 9 月 27 日

节俭

从日常开始——
把一半的衣服收起来
它们已不合时宜
只穿另一半
减少选择时的烦恼
不再穿的那一半不必送人
因为那些旧衣服里住着过去的自己
穿在别人身上
过去的自己会回来
但也不必扔了或处理掉
那些不同的自己不见了
自己就会缺失了部分

饭桌只用一半就可以
通常仅两位用餐
桌子大了显冷清
且饭量已少，菜式不多
用时也短

旧的冰箱已足够
里边有不少空间
想吃什么
随时可以买新鲜的
无须存什么货

家中说话也要减少一半
沉默渐渐成为表达快乐的方式
可以长时间呆坐
看看天花板上
那只蜘蛛如何织出半边网

主人房陈设可简单一半
因为在里边的时间有限
卧床占地方，不要太大——
挤一挤，就可以睡着

至于书柜，应多几个
最好屋子的一半作书房
这样，文字会比以往多出一倍
尽管温暖的诗句未必能温暖他自己
但他肯定不会把生活写坏——
人生，是从小说进去
从诗歌出来
人还在，而诗没了
这肯定会很悲哀

还有，可空出一只手
不戴手表
反正时间从来走得不准
除了一天只有两次正确的时刻
放下是一瞬间
一生也是一瞬间

包括回忆，也减少一半吧
回忆脆弱
它是抹杀残酷的一种方式
今生错过
未必就是遗憾
在流泪之前
画下秋天的样子

包括梦
如，可以不再对命运说要打倒它
但愿和它打个平手
如，梦里才见到的故乡
只要它没有成为他乡……

——梦就像一张银行卡
刷一次，它的存款就会减少
它最后很完整
可内容会全部用完

2022 年 9 月 29 日

短句一束

一、童年

一颗一直未能融化的糖果
一朵罂粟花的绽放

二、心

从里边搬出朴素的情感
就是浩大的盛宴

三、饥饿

灵魂的常态
否则，没有地方
盛放幸福

四、比较

水是满的
也是空的
就算用篮子装起来

五、愿望

希望可以走错另一条路

哪怕南辕北辙

六、记忆

一定会逃跑
从黄昏的栅栏翻越

七、巧合

不同的错误
都抵达同一个错误的终点

八、关系

在上一个季节不得意
对下一个季节也不喜欢
比如，春天与夏天

九、海

没有出路
水是监牢

十、钟

里边有心跳的声音
曾经，已停在不再走动的时针里

2022 年 10 月 6 日

雨

硬的性格
从不显露伤口

敲击骨头的声音
——诗人，病了

2022 年 10 月 6 日

影子

光明的时刻
为它放风

一只蚂蚁在上面
拖着一片阴影
仿如时间的脉络

2022 年 10 月 6 日

暮色的星空

那个渗进暮色的星空
让我怀有一种错觉
它好像越来越低
不像我从前所仰望的

仿佛被翻新过
曾经的星星大多不知逃到哪里
所剩无几的几颗
小心翼翼地发抖
生怕被追捕的样子

我的目光望向遥远
发现那个月亮已经很旧
夜流出青黑色的汁液
让它更美而忧伤
此刻，我只想成为湖
在一片草丛中
数一数飞舞的萤火虫

2022 年 10 月 7 日

合谋

缘于一次摆地摊的经历——

十六岁上大学时的寒假
半瘫在床的母亲
让我到集市去卖几十个鸡蛋
她按大小分了类
有的一毛一个
有的一毛一或一毛二一个

集市的阳光很猛烈
我胸前的大学校徽
吸引了不少异样的目光
人流熙攘
有的随意问个价
有的左挑右选后才离开
有的讨价还价后又反悔

大学生摆地摊多不好意思
是不是可以卖便宜一点呢
碰到熟人怎么办啊
剩下的那一部分拿回家吧
——我的虚荣心不时作祟

当用降价把鸡蛋全卖掉

钱款"缺口"怎么办
父亲的表现竟然很默契
他对我连一点儿责备也没有
钱款在母亲的手里被认真数了几遍
她开心的样子十分特别

每当怀念起母亲
这个记忆清晰而强烈
我始终深怀愧疚
总认为在此事上犯了大错
但这错不是与父亲的"合谋"

——如果，再让我卖一次鸡蛋
我无论如何都会坚持到集市散场……

2022 年 10 月 8 日深夜

鞋子的奢侈

于贫困的童年
最常忆起的是鞋子

山野，溪流，田埂
丛林，荒地，操场
玩耍，劳作，赶路……
赤着的脚，不知多少次
挨冻，受伤，流血……
脚底
一直厚厚一层茧
——故乡的道路
从赤脚走了出来

曾有过的鞋子
大多从哥哥姐姐那里承接过来
可它往往宽大而残旧
常破洞不少
偶尔拥有一双新鞋子
这快乐像过年般
会迫不及待地在伙伴们面前炫耀
它作为最奢侈的东西
被小心地爱惜
穿着新鞋子的少年
在风中

仿佛飘了起来

今天家中的大鞋柜
鞋子已摆放不下
各式各样，琳琅满目
已记不起随意丢了多少双
它们几乎是全新的
甚至已经忘记鞋子可以修补
可心中却常有疑问——
越来越多的鞋子
为何越来越不能抵达

鞋子，时间的摆设
尘世，就这么一步一步走远

2022 年 10 月 11 日

观打铁

风箱不紧不慢
炉火中铁件逐渐通红
钳出，于铁砧上
一阵锻打后置入水中
水面刹那间沸腾
白烟滋滋冒出
又锻打
再回炉火

如此多次反复
铁件成型，置于墙边
其颜色黝黑，像已冷却
壮胆用手触摸
一阵火辣的刺痛
手指还起了泡

一切，仿如我的爱情

2022 年 10 月 16 日

如果怀念

如果怀念
请刻于寂静的风中

风会永远抓住大地
拔不出自己的脚

风里，沾满世间的全部颜色
青草满坡
天已满
大地永远留下耳朵

2022 年 10 月 18 日

纸灰

纸的燃烧
轻薄而明亮

飘浮的灰烬
像一只只张开黑色翅膀的蝴蝶

可以闻到
一阵花的芬芳

——仿如年轻时点燃火焰

2022 年 10 月 18 日

张望

隐约的迟疑和不安
掩饰不住——

远远的风，无穷形状
绿色一闪而过
一只鸟绕过参差的群峰
昨天夕阳悬挂的地方
此时空着
天空横斜
像一张纸飘了起来
——如何不眺望
山那边又会有什么

身后
已经空旷
像有什么晃动
如黑色的钟
大地瘦了面容
露出骨头

——暮色的山冈
不宜把人间张望

2022 年 10 月 20 日

故乡

它是一段路途
开始，它很长
你走得很快
后来，它很短
你走得很慢

它在夜里
都会延长
你只能从黄昏出发
做个夜行人
举着月亮
自己为自己照明

2022 年 10 月 20 日

相信

如果相信
相信爱情与美好
相信幸福与未来

——假设它们真的存在
已经相信，就可能会有好的结果
没有相信，或许失去了一切
——假设它们不存在
相信了，也没有什么会损失
不相信，总不至于得到坏处

只好相信
宁愿相信

2022 年 10 月 22 日

变化

也许变化
总在细微处，在不经意间——

从前与她一起外出
办事、散步……
我步子急、走得快
需不时在远远的前方停下
等候她慢慢赶上
至于牵手的习惯也就谈不上

现在的我
却会下意识地放缓脚步
配合着她的速度
不离她的左右
甚至每当过马路
也是前后照看着
生怕会不安全

时间，修改着故事的结尾
一种变化适合黄昏

2022 年 10 月 25 日

根

向着更深的幽暗
孤独
根系发达

人置他乡
身体的小桥流水处
芳草长满
一朵小花掉落
一点点的回声

一点点的生死相依
作了时间的验证

2022 年 10 月 29 日

雨中垂钓

钟声，飘入雨幕
影子，披着蓑衣
青山，关住流水
风，淹没风

蓑翁
提起一束光线
满山寂静
声音清晰

2022 年 10 月 29 日

鸟巢

当遇到筑有鸟巢的树木
不管是否空巢
我都不会过于靠近
怕惊扰巢中的鸟儿

蓝天里的一只鸟
飞得很轻很美
我都会以为
那是回来的鸟儿
仿如多年前的回声

——我越来越愧疚
小时候过于顽劣
伤害过太多的鸟巢

2022 年 10 月 29 日

再次相见

一

像一首诗
寻求一个结尾

当年收藏的词句
已无法比喻

二

回到那一刻
但不再是那一刻

遗忘比记忆清晰
一段青翠得让人心碎的时光

三

虚构出幸福
其实是迷恋于痛苦

一生太长
有被舍弃的多余爱情

四

此生错过，来世还会错过
谁能在自己的梦里久留

是离去，还是归来
今天，回不去的遗址

2022 年 10 月 30 日

旧物

它们似乎隐约地消失
或实际已被丢弃
只不过现在
要从心里正式放下——

那些日记本、相册、书籍
那些纪念品、证件、奖状……
散发着古老而沧桑的气息
逐一翻检
像一遍遍打开自己
像回播一部跌宕起伏的连续剧

多少年了，该忘的都忘了
不该忘的，大部分记不起
仿似流星
仿似烟花
一道光阴划过心中
它的痕迹
刻在镜子里

它们只是道具
装饰如戏的人生
戏已演过
谁还会将它们认领

包括人自身

也成为旧物

亟待清理

"都是废品

比如这些书信

就没有一封是写给我的"

——看，这个说法

多么理直气壮

难以辩驳

2022 年 11 月 3 日

大地

它像海平面的比喻
依据充分——
村庄如岛
更远的地方看不见
目光的每一次
没有阻拦
只有抵达

它潦草、简略，却迷人
作为永远的劳作对象
一辈子要在它的上面
好像天经地义
每当想到这里
就会不由自主地胆怯

从青转黄
它缓慢地轮换两种颜色
壮观而悲伤
那一片广阔的苍黄
明媚而娇嫩
全来自庄稼人的"手工"
上面印刻着他们的指纹

还有一种奇特的声音

一听，它就消失
不听，它又来了——
泥土开裂、庄稼抽穗、流水浇灌……
像呢喃，像交头接耳
鬼祟又坦荡
至于那麦浪和水稻的汹涌
又是另一种音调——
无数细碎的摩擦
像海浪渐渐汇聚
从这一边滚到另一边
厚实而不绝

此时，一声脆响
从父亲由直到弯的腰骨发出
并拖着绵长而恢宏的尾音
追寻过去
香甜的土腥味到处弥漫
裸着筋骨的尘世
它在那里
它一直在那里
以后它到底会属于谁

2022 年 11 月 7 日

幻觉

花开如张网
熄灭的时候
一只蚂蚁爬了进去
却再也没出来

镜子也是
垂落着半生不熟的梦
都是年轻的日子
只剩模糊

游鱼般的行人
始终在找寻出口
风的垂钓者
拖走一条河流

缭绕的炊烟藏着故乡
最后的不漏的网
那个命运的人质
披着夕光

2022 年 11 月 12 日

夜行

星星的羽毛
在旷野翻覆
月亮的碎步
移动山河

路上的行人
浮在幽暗中
萤火虫的小灯笼
仿似对大地充满警觉

他在离去
还是归来

2022 年 11 月 12 日

夜色中的山村

它又小又静
轮廓推近
稀疏的几盏灯火
剖开了一座山的侧面
光深邃
摇晃的山路
仿似滑进树丛灰色的蛇

幽暗简洁的事物
胜过万种修辞
于它对面的半山长久凝视
恢复着内心某种柔和的东西
锋利细长的风的哨子
正轻颤着低音的部分

想起爱的人寂寞
想起家的人苍茫
如果不是它的主人或使者
那一定是路过
人生之于山村
终以分别为意义

2022 年 11 月 14 日

附一

其他诗作七首

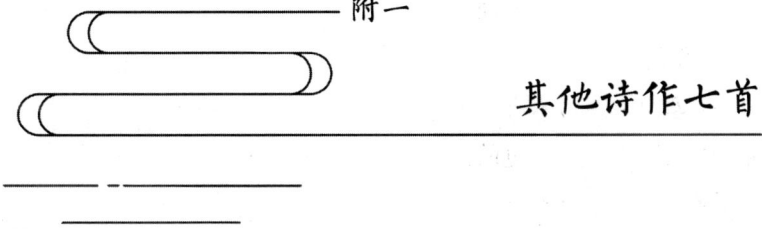

阔步新征程

蓝图已经绘就
号角已经吹响
这是一支雄壮的队伍
这是一场载入史册的征程

——我们征尘未洗，又整装出发

百年历史，筚路蓝缕，奠基立业
我们汲取力量，肩负使命
经历"三件大事"的历史性胜利
我们骄傲地站在更高的历史起点
立志千秋伟业
我们保持着"赶考"的坚定和清醒
从"两个务必"到"三个务必"
我们掌握了风华正茂的政治密码

是信心，更是信念
是梦想，也是征途
我们正逢其时、不可辜负
我们的梦想是星辰大海

——我们高举旗帜，自信自强

用创新理论引领使命

我们拥护"两个确立"，空前自觉
深刻认识"两个结合"
我们坚信中国化、时代化的马克思主义
追求真理、揭示真理、笃行真理
我们坚持"六个必须"

掌握了历史发展的规律
就拥有了更加坚定的思想坐标
思想的光芒
照亮着勇毅前行的人间正道

——我们豪情满怀，步伐铿锵

全面建设社会主义现代化国家
我们作出"两步走"总的战略安排
明确"五个重大原则"
我们用新发展理念谋篇布局
坚持一切为了人民
我们凝聚起同心共圆中国梦的强大合力

没有什么山峰不能攀登
没有什么急流不能横渡
伟大的梦想之火已经燎原
我们比历史上任何时期都接近目标
我们比历史上任何时期
都更有信心和能力实现目标

擎起五千年文明的火种

唱着新的黄河大合唱
我们前进在历史前进的逻辑中
初心如磐，矢志不渝
我们用新的伟大奋斗创造新的伟业
展现中国精神、中国价值、中国力量

壮哉，中国式、现代化道路
美哉，中华大地，高山沃土

2022 年 11 月 27 日凌晨

十月飞歌

十月，一首雄浑的乐章
琴弦是一泻千里的长江
一群黄皮肤黑眼睛的人盛大演唱
五千年文明史的旋律激昂
关于幸福与温暖
关于富强与梦想

十月，一幅雄奇的画卷
颜料是亘古不变黄河水的泥黄
千年未有之气象尽情铺染
古老东方辽阔宽广
霞蔚云蒸，春风浩荡
盛世如所望

十月，一次雄壮的征程
鲜红的旗帜上写着"人民至上"
十四亿人的复兴之路启航
行进在历史前进的逻辑中
生命为舟，初心作桨
信念闪耀，宏远五洋

十月，风华正茂，蓬勃青春力量
十月，筑梦未来，民族魂风帆高扬

2022 年 9 月 21 日
登载于中诗网、作家网

雄壮的出发

这支队伍
赶路，朝着一个坚定的方向
——它叫作民族伟大复兴
百年行进
他们筚路蓝缕、神情坚毅
他们生命为舟、初心作桨

这支队伍
高举着一面鲜红的旗帜
——它拥有镰刀与锤头的图案
百年飘扬
交织出关于十月的旋律
定义了镰刀与锤头的象征
壮烈的征战、奔驰的生命、英勇的献身
注释着这面旗帜的深刻内涵

这支队伍
生长着一种神奇的力量
——它根源于唯物史观和剩余价值学说所揭示的真理
它与五千年历史的文明相融
强健起一个民族的精神
百年探索
他们拿出铁一般的事实证明
只有社会主义才能救中国

这支队伍

开创一条道路的新境界

它宏阔的气象

就是坚持和发展中国特色社会主义

从兴业路到复兴路

以人民为中心

他们行进在历史前进的逻辑中

他们同长城在一起

同黄河在一起

同青春和创造在一起

同 21 世纪的澎湃浪潮在一起

他们，又整行装

2021 年 4 月 11 日

登载于"南方 +"客户端

致青年改革者

只是相信，山那边
春风正荡起空谷的回响
带着碰撞的裂痕却已升腾
只是一个愿望
山一般沉重
渴望追随雷鸣声，去敲响
暴风雨的节奏
只是渴求
在没有绿色的沙漠
开拓一条希望的河流

那坚韧的灵魂
踏起群峰的涛声
山和多雨的天空
定格成一个生命的框架——
森林没有路径
无须倚靠傲岸的古松
攀登没有绳索
依然用手臂作桨的行舟

于是，信念嵌进延伸的地平线
所有的小草呼唤所有的鲜花
从背景去摄取

太阳与脚步之间
竟是很短很短的距离

1985 年 8 月 25 日
发表于云南省《当代青年》报

青春之愿

希望像潮汐
漫过堤坝
只要有天空
我便是蓝蓝的河
举起信念像举起旗帜
把霞光与银星
注进血管

我并不欣赏小路
只是渴望峡谷的空幽
像船对海的爱
蜜对花的歌
走吧，我用脚步踏起满潮的星光

火的年代
当然不孤寂不冷清
我把自己交给风交给夏天
夏天当然热烈
光辉攀缘上我的额头
紫亮的火焰为我四处流溢
我像涉过音乐涉过月光

只有风穿过胸膛与臂膀
描述着关于饥渴、沙丘、命运

如果我摔跌撞倒

也要用双掌插入土层

直至地心——

哪怕土地是海洋

心在哪里都会燃烧

1985 年 8 月 25 日

发表于云南省《当代青年》报

沿着风的斜坡

因为有了海水的浸润
天空才有了一片蔚蓝
怀着期待
并挥摇伸向太阳的手臂
那是风的斜坡

风与岩石
撑起半天的浪花
秋霜似在叠浪中成了
腾起血液的枫叶
唯有霞光
掀开天边的梦

那就沉默吧
岩石与幻想塑造的我
渴望也是蓝色的
它会迸泻，展向天空
像旗帜，倾成云
收获火的颜色

是注定了
沿着山的旋律
沿着风的斜坡

每一个思想将会晒成金黄
每一个足音都烙印上血滴

1985 年 4 月 3 日
登载于《广东青联》刊物

答自己
——二十岁生日有感

黄昏并不能注解人生
二十个春秋
是几分之一个花甲
大地是圆的
有人说椭圆最美
而小半个圆呢

岁月投掷于脚前
现实之门会紧闭
却从不上锁
第一首童年的歌
没有枯萎没有凋零
嗯，路还很宽很绵长
有绿叶亮着星光

干吗让风像吹皱湖水一样
吹皱思想像嶙峋的岁月
既然生活是一座矿山
每个季节
都不懈怠

1985 年 4 月 3 日
登载于《广东青联》刊物

陆文伟诗歌赏析

将倾诉当成一种光，借诗的翅膀穿越时空
——陆文伟诗歌印象

黄廉捷

不期而遇，是重逢
不作道别，是分离

再见
人间最遥远的距离

陆文伟《关于再见》这首诗作有多层意象，而其中之一，我想，就是他与诗歌分别多年后的重逢。这次重逢，是他与诗歌分隔30多年后的相遇，所以说，距离有时并不遥远。

20世纪80年代，陆文伟已陆续在报刊发表诗作。之后，他与诗歌分开了一段日子，不过，诗歌的种子仍安放于其内心深处，只是与诗歌重逢的缘分未到。直至近年，才听到他踏响"归家"的脚步，他再次用心观照诗歌，这一观照，让他挑灯栽种，诗作不断。有时，他写好诗作发给我，我回道：你是一个勤奋的写作者。

他就如一位老司机，多年没驾驶汽车，再上到驾驶室，望着前路如织的车流，这位老司机也感到心慌慌。好在，以往开的是沙泥土路，而今开的是水泥大道，驾驶汽车并不难——开多几次就熟练了！

一路走来，他小心翼翼地关爱着这一处神圣的诗歌花园，生怕它受到风吹雨打。

写诗歌，他说自己"不懈怠，不退缩，不躲闪，还在爬坡越坎"。正是这种坚韧、勤奋和进取，让他在诗歌写作之路不断取得成绩，这一点值得诗人们学习。他除了在各大报刊、网上陆续发表诗作外，还在暨南大学出版社出版了诗集《时间纪念自己》。两年后，他又带来新诗集《岸》。可见，他从时间的纪念里向着对岸进发——亲吻着朝阳，激情澎湃地进发。

诗歌之河，观似静，实湍急。写作者应以何种心态面对诗歌之河？这就要考验写作者的定力。你想，河流终将汇于大海，将自己当成河流中的浮萍，影射世间万千之美，终到幻化成永恒一刻，山、海、云、光等自然会收于无声空灵之中。陆文伟正是拥有这种定力，才能在诗歌之河里随波摇曳。《岸》这首诗里，你会见到蹒跚中的守望。

欢慰于
鱼鳞般的波光
静守
流水的道路与远方
生死相依
一种宿命

…………

曾经又消逝
唯倒影从不被淹死
当流水枯竭
那些蔚蓝、月光、星辰
掉落在草丛中
无人寻找

相比陆文伟之前的诗作,《岸》这部诗集充满了隐喻与思辨的味道,这是写作者将个人经历转化成文字后的静静呢喃,细品之下,每一处都那么动人细腻,引人入诗,带人入境,再之后,读者与写作者就有了心灵间的交流。如《在山巅上》一诗写道:

很低的白云
接着人间的炊烟
仿佛荒野的天空
坚硬而沧桑
鹰已飞过
却痕迹全无

风做的马
阳光骑在上面
热烈而荒凉
时间如火一样重
跨着空茫的脚步
回声绵长
所有的晨曦和落日
悬在空中
无可挽回地遗忘

季节长跪不起
大地陈旧如床
梦依旧是新的
道路纵横都有原点
一趟未卜的旅途
是将要度过的一生

　　我总认为，诗歌写作者多是会"做梦"的人，而陆文伟的诗歌花园里，将"梦"里闪耀的光芒一点点地向外传递——绽放的激情、模糊的边界……这些入诗的元素不断地提升诗歌精神深度。如《云朵的阅读》：

一次次的绽放
阻止天空的衰老
一次次夕阳下的燃烧
作为抵押和盟誓
留下天空

海浪一样
没有对远方产生疑问
直接奔向山谷、旷野、草原和村庄
无边蔚蓝里　从没被吞噬

不知来处
也不存在抵达与归返
向下生长的宿命
有离别、遥远、永逝和遗忘
这样的隐喻　让人无措

　　这首诗带给读者的更多是"余香和回味"，在一种互相渗透的关系中，朦胧而又充满跳动的节奏，流动的字词构建完诗意后，将诗的深邃与内涵表达出来，那是一种你并未闻过的味道，却又感觉到它就在眼前。
　　带着思想的火花，还有深情的爱，就有了这首《母语》：

我习惯用它朗诵诗篇

它的语法

纯净、赤裸、强壮而锋利

时间弄它不死

更别说要连根拔起

这里的"母语"是那些无法忘却的记忆，如埋在土壤里的种子，已经盘根入土，大地母亲的血液养育出的枝叶，深深铬下"母语"的基因，正是这种关系，让他对这片土地的爱又比别人多了一层感情。

著名诗人黄礼孩曾在《诗歌，让想象力保卫想象力》一文中提出："诗人必须通过语言改变世界，强烈的想象力是诗人的技艺，通过进入熟悉事物的内里，给时空加入新的想象，写作的心灵才能摆脱窘境。写作不仅仅是体验，更要把所得加以变革、断裂、熔铸，这份力量来自信心。想象力在心灵的中介里是生生不息的力量，在诗意那里引发了未说之言的奇迹。"（《中西诗歌》2020 年第 3 期）

陆文伟以简短的语言，将命运结出的果实与其所熟悉的大地牵手同眠，让其诗作有了某种格调。如《缓慢》：

当晚风吹过

低头，路上蚂蚁的队列整齐

我感到自己的衰老

突然如此缓慢

这种格调给人一种沉着与老练的印象，但我相信，写作者在表达的外观加多了一种含蓄的保护膜，读者如果想一下子了解到内核的实质，还得有更多窥探写作者内心的行动。

康德说过："一首好诗是给心灵灌注生气的最深入人心的手段。"如《当晚风吹来》：

当晚风吹来
时光正变得薄而模糊
远山仍是远山
扎着轻烟的头巾
此时怀念开始暴躁
它是暮年最后的饥饿

当晚风吹来，吹走的更多是世人的无奈，岁月注定要老去，能留下的就只剩倾诉，向前人倾诉，向时下的人倾诉，还可向未来的人倾诉。自然界的更替无穷无尽，写作者要将倾诉当成一种光，借诗的翅膀穿越时空。

诗人世宾曾在"完整性写作"的概念里提出："诗是超越当下的，指向存在，具有一种纯粹性和神圣性的特质。"

陆文伟不断尝试以多向度的创作触及诗歌的多个维度、多个层面。如《秋的寓意》《岛的寓意》《群峰的寓意》等诗作，其中《岛的寓意》里描写宿命、灵魂，字字有力，扣人心弦，思辨和哲思的气息再次跃于纸上，诗人以别样的情趣，阐发对生命的顿悟和对岁月的揭示。

水落石出的宿命
无依无靠而圆满
没有开始，也找不到结束
每一处都是不向远方的出发
每一个尽头，都是抵达
每一个方向，都是对岸

灵魂在高处
只有登高，越是澄澈
日落与月升同时辉煌

倾诉中有光，诗意中含着深情。

在《岸》这部诗集中，我们见到写作者内心带着温暖的光亮，他在诗歌花园里安静栽种、浇水、施肥……我们等待他栽出更多诗歌之花馈赠给大地。

2022 年 10 月 12 日

（黄廉捷，中国作家协会会员，中国小说学会会员，中国诗歌学会会员，中山市作家协会常务副主席，中山市网络作家协会主席。著有长篇小说《爱情转了弯》，出版诗集《漫无目的》《一百年后，我凝视这村庄》《穿行》《站在平台看风筝》《金秋之手揪住风的尾巴》等。曾获广东省第二届"桂城杯"诗歌奖优秀奖、"文华杯"全国短篇小说奖、广东省报纸副刊好作品奖等）

垂钓时间的海

——读陆文伟诗集《岸》

章晖

《岸》是诗人陆文伟的第二部诗集，让人欣喜地看到，他仅用几年时间植树造船，从时间的海中垂钓、打捞，终满舱上岸，那些诗歌之贝散发着鲜活的粼光。

他曾说，要出版一部姊妹篇诗集。《岸》的孵出，是自己兑现的承诺。

《岸》分为"谛听""盆景的遐想""火焰一朵""归途断想""辽阔的断想"五辑，还增添了长诗，题材恢宏，有着家国的挚爱深情，似在诗歌的餐宴上增添了一道拼盘的风景。

陆文伟的诗歌一如既往地干净利落、大气开阔，充满了哲思。他的诗歌，表达平缓、克制而隐忍，用独特的视角来阐述生命观。他是一个对诗歌较真的人，总是将自己逼进胡同里，越是写不出，越要背水一战。如此，他便有了常人不具备的坚韧和毅力。他全力调遣骨子里的"锹""斧"和"锉刀"，从事物和意义之间挖掘凿通一条秘密通道，从诗歌现场抵达事物的内核本质。在他写诗的工匠精神中，隐藏着常人不易察觉的悲壮沧桑感。

陆文伟的诗歌蕴含的博大气质，想必与他的职业和开阔的眼界有关。他善于思考，他的诗歌有着人类命运的透视和探索，即便写宏大题材，也能从承前启后的历史背景中回归小处、落到实处。

沿着诗人转动的时光轴，我们可以探寻他写诗的心灵之旅。

从谛听中，我们读到了亲情如水般可贵、岁月蹉跎的茫然与坦然、自然的冥想与恩宠的畅想、新旧事物的更替回望，让人不自觉地沿着一条生命曲线，行走、驻足、追忆、感悟，以捕获诗人生命历程的风雨彩虹。开篇一首《骄傲》，却不露骄傲的痕迹，让人看到诗人从小肩负家庭责任的担当。他只是从年幼的自己能用自行车搭载半瘫痪的母亲去看中医的往事，"回忆盛宴里，这份荣光/一直适合忧伤"，他极力克制情绪，却又肆意滋长了惆怅。

海是写不尽的诗歌之源。回头看曹操写的海，有"日月之行，若出其中；星汉灿烂，若出其里"的壮丽；海子写的海，有"春暖花开"的精神归宿；卡蒙斯写的海，有"陆止于此，海始于斯"的雄壮。对于海边长大的诗人来说，海是故乡也是乡愁。在《岛的寓意》中，他将岛写成大地抵押于海洋的标本，"仿佛海的宗庙/接引上苍/大地与天空最疼的距离"，最终，"像发芽的梦/像天空之眼"。从低处上升到空中，从而达到天地合一的最高境界。

女儿是诗人生命的延续，在《恭敬》中，诗人通过女儿的询问与对话，"我一笔一画，像写下/绵延的黄土/流水的青山"，流露出对生命延续的感恩和对祖辈的缅怀与敬重。

狄金森的诗歌善于从不同层次去探寻、解释和表达生的意义。而诗人写的《祖屋》《旧衣服》《遗弃的渡口》《回乡》《年少的风筝》《外婆的时光》《走进河床》等，无不从睹物怀想中寻找事物的原乡，让旧事物成为岁月空谷中的回响与绝唱，如传来久远的天籁，将人带到另一个时代裹挟的命运中。如《从前的火车》"所有车票都是单程票/它很像时间的邮差/每个人被这张车票押解/从一个个站台送出/可惜，人生的列车/没有检票、查票、验票/全是未知和唯一的旅程"，诗人将从前的火车与时间、人生、车票进行嫁移转接，从而给出了人生不过于一张车票的押解的透彻箴言。

里尔克说，经验即诗。"盆景的遐想"一辑中，有更多的生命启迪。诗人打开地理的疆域，亲近山水，感受风物，让心灵归于安宁和寂静，他听风，听山中的溪流，眺望群峰，静坐暮色，身披月光，让田野指点迷津，目及之处，万物皆有灵，万物都值得珍爱。人到中年与诗重逢，陆文伟的诗少了青春的明快，多了思考的厚重。如诗人在《秘密》中写道"自己仿佛在床上/海水像是一床被子//冷中取暖/冷的有时就是暖的/暖的也会是冷的/这个秘密我长久保守"。所谓冷暖自知，诗人用辩证的叙述和不动声色的感受，从思想的语言中去除情感，保守秘密，并从成长的经验中传递疼痛。

在《盆景的遐想》中，诗人写道"读懂盆景/就会减轻一种悲伤"，让人跨越久远的历史，想到泥土的锻造、烧制的花纹、凝固的蝴蝶以及传世的工艺。诗人写《岸》，"唯倒影从不被淹死"。人生本是一场轮渡，海边长大的诗人，对海岸有更深的情感，即便沧海桑田，他的诗歌总有向上的力量。诗人写《群峰的寓意》，"为阳光作坐骑/天空奔跑/在青绿色的马蹄里/人间不低/大地也如孤独地流浪"，开阔的意象提升了精神的维度。

英国诗人华兹华斯说，诗是强烈情感的自然流露。情感驱动已成为诗人的创作动力，它将自我内在世界的审美活动外延化，从而让人产生美的享受和无尽的遐思。如诗人写《流水里的星辰》，"爱一颗流水里的星星/就会爱上天空"；写《山中溪流》，"像蓝色的时针/转动山的唱片"；写《路口》，"只有存在的东西，才会消失"；写《秋的断想》，"一队蚂蚁/正踩疼我的影子"；写《风过孤林》，"每一个孩子都相信过/风有音乐的身体"；写《瓜豆棚架》，"她只是想表达某种满足/似乎在种植一种生活"；写《断桥》，"风景，都是水的废墟/大提琴似的回音/四处飘荡"；写《空巢》，"我们一生做着两件事/心在远方/客居他乡"。

诗歌是开启心灵的钥匙，能让我们的内心变得丰富而敏锐。诗歌也是心灵的折射，是诗人天性的外在呈现。陆文伟的诗歌善于从小处着眼，却起伏大如漩涡。如《那些纸花》，"纸花"的称谓比"花圈"更有情义，更能接近生命曾经的绽放，或者说它本身就是生命竭尽绽放而不再芬芳的花。"素净与苍白／是被放尽了血的颜色"，让我们看到了生命终结的美而不是哀伤。

在《吩咐》中，诗人通过女儿的寥寥数语，让人看到了年青一代的另一种生活状态和对这个时代有着不安的警觉。一边是对祭祖的孝，一边承受着生活扑面而来的压力。用节俭的生活链接经济浪潮，如同波涛上的横木载着人，面临溺水自救的不安全感。

在《弃权》中，我们看到的不是过年的盛景，而是通过弃权，以体育的隐语，还原了人们过年的各种形态，诗人企图从过年的奔波、忙碌、劳累等诸多因素中挣脱出来，以一个旁观者的姿态出现，或许让"年"难堪，无所适从，我们才真正拥有过年的心境。这彰显出"我"对生活的理性反抗。《田野的迷津》描写细腻，还原了一副辽阔的乡村农耕场景。牛是对过往的怀念，也是"接近神迹的迷津"，让人有一种乡愁的回望。

在"火焰一朵"和"归途断想"两辑中，时间的步履似乎越来越近，甚至仓促中还带有新鲜的泥泞。如同诗人多次写到跌落于草丛的影子，正闪烁着星光。让我们看到诗人从时间的海中，垂钓上珍珠异贝，从独特的哲思中亮出诗眼，如同茫茫夜色现出的灯火。如诗人写《登山》，"如果我是一条鱼／就会淹没这一片海"；写《三月》，"幸运的人，一生被三月治愈／不幸的人，一生治愈三月"；写《火焰一朵》，"一半燃烧后的结束／一半涅槃后的开始"。当我读到《咸味》"海里的鱼／从来没有被海水腌死的"时，不禁哑然失笑，诗人通过与师傅调侃，有关对咸的口味和琉璃岁月的追忆、家人对少吃咸的劝告、诗人不服输的牛脾气，都被活生地拧巴出来。而在《方言》中，诗人去看望老病友，病友因意识不清很难沟通，诗人改用方言，"不料他突然清醒起来/还带着孩子般的激动/仿佛看到从家乡提来的灯笼/灯焰在风中一闪一闪"。诗人没有高蹈地赞美方言，只是借用病房，用方言的火焰，照亮了生的帷幕。

诗是心灵的抵达、未知的求索，是填充生命缺失的完满，用生命经验启迪他人，用悲悯意识与世界和解。我对诗歌的理解，与《岸》这部诗集基本契合。如诗人写《深邃的时辰》，"而我低估了万物相忘"；写《归途断想》，"只有你的故乡/无论好坏/无论喜欢与否/都是你命运的遗产"；写《旧居》，"新人，请不要一下子/用完爱情"；写《在诗里》，"在诗里/可以举行葬礼/因为你知道/哪一首诗才能把你安葬"；写《节俭》，"人生，是从小说进去/从诗歌出来/人还在，而诗没了/这肯定会很悲哀"。

荷尔德林的"诗意地栖居在大地上"，开启了人类追求诗意的人生之旅。但社会文明发展步伐越来越快，诗意也会被生活磨损，有人呵护有加，有人中途丢失。而对于重拾诗意者，诗歌总会转身眷顾他，我认为诗人陆文伟便是被诗歌眷顾的人。祝福他今后的诗路越拓越宽，诗歌越写越好。

2022 年 10 月 3 日

（章晖，广东省作家协会会员，中国诗歌学会会员，中山市诗歌学会理事，著有诗集《光阴辞》）

后记

我很喜欢养鸽子，是受父亲的影响。

小时候，常喜欢在鸽房门口和父亲一起蹲着，悄悄观察鸽群。鸽子的声音，让童年的一段时光特别安静。

参加工作后，我曾学着父亲的爱好，也在城里自家的房子（顶层）里养了一小群鸽子。但受城市生活方式和环境因素所限，我只坚持了一段时间而已。一次，我把所有的鸽子装进纸箱，让哥哥带回去给父亲。谁知哥哥离开不久，就打来一个焦急的电话，说路上纸箱破了，所有鸽子都飞走了。我冷静一下后，走到阳台，抬头，鸽子全都飞了回来。鸽子恋家，认得路，有灵性，让我心生喜悦。

父亲离世时，他喂养的那群鸽子如何处理，成了难题。我提出，像父亲在的时候一样，继续喂养，直到……对此想法，全家人竟一致同意。但不久，哥哥告诉我，父亲养的鸽子，已一只只飞走了。

我慢慢明白了——也许，这是一种归还吧，鸽子是认得路的。只有存在的东西，才会消失，不管是故乡、爱情，还是父母。

当有些事物不存在了，有一半的记忆也许会随之而去。在悲伤和记忆之间，我选择悲伤。在挽留和归还之间，我选择归还。

有些时间，是何时离开的？——现在，我常喜欢安静地伫立在空荡的鸽棚前。

陆文伟

2022 年 11 月 27 日